四部要籍選刊·集部　蔣鵬翔　主編

元文類

三

〔元〕蘇天爵　編

浙江大學出版社

本册目録

卷十四

奏議

立政議（中統元年八月上）　郝經……五八九
三本書（至元五年十月上）　陳祐……六〇二
論盧世榮姦邪狀　陳天祥……六二二

卷十五

奏議

諫幸五臺疏（元貞二年五月上）
李元禮……六三五
建白一十五事　馬祖常……六三八
建言五事　許約……六五三
太廟室次議　劉致……六六四
貞定玉華宮罷遣太常禮樂議
元永貞……六七〇

卷十六

表

東昌路賀平宋表　徐世隆……六七三
車駕班師賀表（中統元年九月爲
真定廉宣撫作）　李冶……六七五
賀平宋表　孟祺……六七六
進授時曆經曆議表　楊桓……六八〇
進實錄表　王惲……六八一

進三朝實錄表（皇慶元年十月進）
程鉅夫……六八五
翰林國史院陞從一品謝表　程鉅夫……六八六
謝賜禮物表　吴徵……六八七
進實錄表（至治三年二月進）　袁桷……六九〇
賀登極表　虞集……六九一
經筵官進職謝恩表　虞集……六九二
進實錄表（至順元年五月進）　謝端……六九五
進經世大典表（至順三年三月進）
歐陽玄……六九六

卷十七

表

賀正旦表　劉敏中……六九九
賀册后表　楊文郁……七〇〇
賀元旦表　姚登孫……七〇一
賀建儲表　姚登孫……七〇一
賀聖節表　李之紹……七〇二
賀聖節表　鄧文原……七〇三
賀正旦表　盧亘……七〇四
賀親祀太廟表（延祐七年）……七〇四
賀親祀太廟表（天曆元年）　虞集……七〇五
賀聖節表　虞集……七〇六
賀正旦表　虞集……七〇七
賀正旦表　宋本……七〇七
賀親祀南郊表（至順元年）　謝端……七〇八

牋

賀正旦牋　夾谷之奇……七〇九
賀千秋牋　楊文郁……七一〇
賀千秋牋　袁桷……七一一
賀正旦牋　虞集……七一二

箴

絅齋箴　鄧文原……七一二
慎獨箴　安熙……七一三

銘

簡儀銘　姚燧……七一四
仰儀銘　姚燧……七一五
漏刻鐘銘　姚燧……七一七
渾象銘　楊桓……七一八
玲瓏儀銘　楊桓……七一九
高表銘　楊桓……七二〇
太史院銘　楊桓……七二二
瓶城齋銘（爲淮東憲司知事凌德庸作）　閻復……七二九
王孝女旌門銘　劉因……七三〇
訥齋銘　吴澂……七三一
蘇氏藏書室銘　袁桷……七三一
虚室銘　虞集……七三二
奎章閣銘　虞集……七三二
知許州劉侯民愛銘　孛术魯翀……七三三
安氏尊經堂銘　孛术魯翀……七四二
儼思齋銘　楊剛中……七四四

卷十八

頌

賈侯修廟學頌　吴徵……七四五
青宫受寶頌　虞集……七五一
駐蹕頌　孛术魯翀……七五四
馮侯去思頌　顧文琛……七五九

贊

魯齋先生畫像贊　王磐……七六三
書畫像自警　劉因……七六四
王允中真贊　劉因……七六四
質齋贊　蕭𣂏……七六五
晦庵先生畫像贊　吴徵……七六六
臨川野老自贊　吴徵……七六七
李秦公畫像贊　程鉅夫……七六七
臨川吴先生畫像贊　虞集……七六八
西夏相斡公畫像贊　虞集……七六八
自贊畫像　虞集……七七一
大象圖贊　虞集……七七一
槖佗圖贊　虞集……七七二
静修劉先生畫像贊　歐陽玄……七七三
默庵安先生畫像贊　歐陽玄……七七四
威如蘇先生畫像贊　歐陽玄……七七四
郎中蘇公畫像贊　歐陽玄……七七五
潘雲谷墨贊　李泂……七七五
李節婦馮静君贊　王士熙……七七六

卷十九

碑文

國子學先師廟碑　程鉅夫……七七七
曲阜孔子廟碑　閻復……七八二
襄陽廟學碑　姚燧……七八九
大興府學孔子廟碑　馬祖常……七九七
光州孔子新廟碑　馬祖常……八〇三
真定路先聖廟碑　孛术魯翀……八〇八

卷二十

碑文

帝禹廟碑　鄧文原……八一五
漢番君廟碑　元明善……八二一
侯府君夫人李氏祠堂碑　郭松年……八二四
光州固始縣南嶽廟碑　馬祖常……八三〇
漢濟南伏生祠堂碑　張起巖……八三四

卷二十一

碑文

中書左丞李公家廟碑　姚燧……八三九
元帥張獻武王廟碑　虞集……八五二

元文類卷之十四

元　趙郡蘇天爵伯修父編次
太原王守誠君實父挍訂

奏議

立政議 中統元年八月上　郝經

臣聞所貴乎有天下者謂其能作新樹立列爲明聖德澤加於人令聞施於後也非謂其志得意滿苟且而已也志得意滿苟且一時與草木並朽而無聞是爲身者也於天下何有有志於天下者不貴也爲人

之所不能爲立人之所不能立變人之所不能變卓然與天地並沛然與造化同雷厲風飛日星明而江河流天下莫不貴之而已不以爲貴以爲已所當爲之職分也古之有天下者莫不然後之有天下者亦莫不當然天下一大器也用之久則必弊窳殘缺甚則至於破碎分裂置而不修則委而去之耳生民萬物者器之所中者也器弊而委則其中者亦必壞爛而不收有志於天下者則爲之倡率其群而修之追琢而俾之完扶持而置之安藻飾而新之滌蕩而潔

之使其中者可以食可以藏可以積而豐可以饜而飫爲器之主而天下王之安富尊榮而享天下彼志得意滿苟且一時者且器之所有而不見器之殘缺染指垂涎放飯流歠始則楞然終則哆然既飫而足弁其器與其餘舉而棄之不知餒之後至矣至於神器之主中藏盡亡而天下餒者衆於是群起而爭其餘天下亂矣夫綱紀禮義者天下之元氣也文物典章者天下之命脉也非是則天下之器不能安小廢則小壞大廢則大壞小爲之修完則小康大爲之修

完則太平故有志於天下者必爲之修而不棄也以致治自期以天下自任孳孳汲汲持扶安全必至於成功而後已使天下後世稱之曰天下之禍至某君而陰天下之亂至某君而治天下之亡者至某君而存天下之未作者至某君而作配天立極繼統作帝熙鴻號於無窮若是則可謂有志於天下矣由漢以來尚志之君六七作於漢則曰高帝曰文帝曰武帝曰昭帝曰宣帝曰世祖曰明帝曰章帝凡八帝於三國則曰昭烈一帝於晉則曰孝武一帝於元魏則曰

孝文一帝於宇文周則曰武帝一帝於唐則曰高祖曰文皇曰玄宗曰憲宗曰武宗曰宣宗凡六帝於後周則曰世宗一帝於宋則曰太祖曰太宗曰仁宗曰高宗曰孝宗凡五帝於金源則曰世宗曰章宗凡二帝皆是光大炳烺不辱於君人之名有功於天下甚大有德於生民甚厚人之類不至於盡亡天下不至於皆爲草木禽獸天下之人猶知有君臣父子夫婦昆弟人倫不至於大亂綱紀禮義典章文物不至於大壞數君之功也嗚呼上下數千載有志之君僅是

數者何苟且一時者多而致治之君鮮也雖然是數君者獨能樹立功成以定揄揚於千載之下豈不爲英主也哉其視壞法亂紀斁彝倫毒海内覆宗社碌碌以偷生孑孑以自蔽其爲慵懦者可爲憫笑也國家光有天下綿歷四紀恢拓疆宇古莫與京惜乎攻取之計甚切而脩完之功弗逮天下之器日益弊而生民日益憊也蓋其幾一失而其弊遂成初下燕雲奄有河朔便當創法立制而不爲旣并西域滅金源蹂荆襄國勢大張兵力崛阜民物稠夥大有爲之時

也苟於是時正紀綱立法度改元建號比隆前代使天下一新漢唐之舉也而不爲於是法度廢則綱紀亡官制廢則政事亡都邑廢則宮室亡學校廢則人材亡廉耻廢則風俗亡紀律廢則軍政亡守令廢則民政亡財賦廢則國用亡天下之器雖存而其實則無有賴社稷之靈祖宗之福兵鋒所向無不摧破穿徹海嶽之銳跨凌宇宙之氣騰擲天地之力隆隆殷殷天下莫不慴伏當太宗皇帝臨御之時耶律楚材爲相定稅賦立造作權宜課分郡縣籍戸口理獄訟

別軍民設科舉推恩肆赦方有志於天下而一二不逞之人投隙抵罅相與排擯百計政訐乘宮闈違豫之際恣爲矯誣卒使楚材憤悒以死既而牽連黨與倚疊締構援進宵人畀之以攻相與割剥天下而天下被其禍荼毒宛轉十有餘年生民顒顒莫不引領明君之出先皇帝初踐寶位皆以致治之主不世出也既而下令鳩括符璽督察郵傳遣使四出究核儲賦以求民瘼汚吏濫官黜責殆遍其願治之心亦切也惜其授任皆前日害民之尤者舊弊未去新弊復

生其爲煩擾又益劇甚而致治之幾又失也今皇帝
陛下統承先王聖謨英略恢廓正大有一天下之勢
自金源以來綱紀禮義文物典章皆已墜沒其緒餘
土苴萬億之能一存若不大爲振澡與天下更始以
國朝之成法援唐宋之故典參遼金之遺制設官分
職立政安民成一王法是亦因仍苟且終於不可爲
使天下後世以爲無志於天下歷代綱紀典刑至今
而盡前無以貽謀後無以取法壞天地之元氣愚生
民之耳目後世之人因以竊笑而非之痛惜而歎惋

也昔元魏始有代地便參用漢法至孝文遷都洛陽
一以漢法爲政典章文物粲然與前代比隆天下至
今稱爲賢君王通修元經卽與爲正統是可以爲監
也金源氏起東北小夷部曲數百人渡鴨緑取黄龍
便建位號一用遼宋制度收一國名士置之近要使
藻飾王化號十學士至世宗與宋定盟内外無事天
下晏然法制修明風俗完厚眞德秀謂金源氏典章
法度在元魏右天下亦至今稱爲賢君燕都故老語
及先皇者必爲流涕其德澤在人之深如此是又可

以爲監也今有漢唐之地而加大有漢唐之民而加
多雖不能便如漢唐爲元魏金源之治亦可也恭惟
皇帝陛下睿禀仁慈天錫勇智喜衣冠崇禮讓愛養
中國有志於爲治而爲豪傑所歸王民所望久矣但
斷然有爲存典章立綱紀以安天下之器不爲苟且
一時之計奮揚乾綱應天革命進退黜陟使各厭伏
天下不勞而治也今自踐祚以來下明詔蠲苛煩立
新政去舊汙登進茂異舉用老成緣飾以文附會漢
法歛江上之兵先輸平之使一視以仁兼愛兩國天

下顒顒莫不思見德化之盛至治之美也但恐害民
餘孽扳附姦邪更相援引比次而進若不辨之於早
猶夫前日也以有爲之姿據有爲之位秉可爲之勢
而不爲有爲之事與前代英主比隆陛下亦必愧怍
而不爲書曰罔不在厥初易曰履霜堅氷至詩曰如
彼雨雪先集維霰春秋書元年春王正月皆謹之於
初辨之於早也有有爲之志而不辨姦邪於早而卻
之則鑠剛以柔蔽明以晦終不能以有爲葢彼姦人
易合難去誘之以甘言承之以怡色賂之以重寶便

辟迎合無所不至不辨之於早而拒之皆墮其計授之以柄而隨之耳昔王安石拜參政呂獻可卽以十罪章之温公謂之太早獻可曰去天下之害不可不速異日諸君必受其禍安石得政宋果以亡温公曰呂獻可之先見范景仁之勇決吾不及也夫月暈而風礎潤而雨理有所必然雖天地亦可先見況於人乎方今之勢在於卓然有爲斷之而已去舊汚立新政創法制辨人材綰結皇綱藻飾王化偃戈卻馬文致太平陛下今日之事也毋以爲難而不爲毋以爲

易而不足爲投機挈會比隆前王政在此時毋累於宵人不惑於群言兼聽俯納貢若一代號爲英主亞之所願也臣草木愚昧既被知遇而又遠離軒陛下以隔越迫於事幾故不避斧鉞冐觸神威庶黨少卻綱紀粗立雖萬死無恨

三本書 至元五年十月上 陳祐

嘉議大夫衛輝路總管臣陳祐謹齋沐百拜獻書於

皇帝陛下臣今越職言事事曰三本皆國家大計非不知獲罪於時也顧臣起身微賤臣之先王謂穆哥大王也

拔臣於畎畝之中進臣於陛下任臣以方面之重錫臣以虎符之榮臣叨居陛下之官食陛下之祿將踰十年矣是以朝夕感愧每思敷陳國計効死以報陛下亦所以報先王也儻蒙陛下察臣愚忠以臣言萬一有補於時貰以不死俾開言路臣之幸也若以臣言狂瞽冒犯時忌其罪當死死於國計臣之義也伏望陛下賜以燕閒之暇熟覽臣言則臣纖芥之忠山嶽之罪舉無逃於聖鑑矣惟陛下仁聖裁之臣聞殷周漢唐之有天下也天生創業之君必生守文之主

蓋創業之君天所以定禍亂也守文之主天所以致隆平也昔我聖朝之興也太祖皇帝龍飛朔方雷震雲合天下響應統一四海君臨萬邦雖湯武之盛未之有也天眷聖朝實生陛下神武聖文經天緯地能盡守文之美兼隆創業之基兆民懽康品物咸遂典章民物燦然可觀曁遐域遠方之民上古所不能臣者陛下悉能臣之雖高宗之興殷成康宣王之興周文景光武之興漢太宗憲宗之興唐無以過也是以海內豪傑之士翕然向風咸謂天命陛下啓太平之

運者有四民望陛下樹太平之本者有三臣請條列而言之陛下昔在藩邸之初奉辭伐罪西舉大理勢若摧枯南渡長江神於反掌此天命陛下揚萬里之威定四方之亂將舉大任於陛下即位之後內難方殷藩王之階亂者在北逆賊之連禍者在東然天戈一指俱從平蕩此天命陛下削藩鎮有釁之權新唐虞無爲之化將以躋斯民於仁壽之域也臣故曰天命陛下啓太平之本者有三其一曰太子國本建立之計宜早臣聞三代盛王有天下者皆以傳子非不

欲法堯舜禪讓之美也顧其勢有不能爾何則時俗有厚薄之殊民情有變遷之異苟或傳非其人禍源一啓則後世爭之之亂未易息也以是見聖人公天下之憂深矣故孟軻曰天與賢則與賢天與子則與子夫所謂天與子者非謂天有諄諄之言告諭人主以傳子之計也政謂時運推移無非天理聖人能與時消息動合天意故自天祐之吉無不利是以三代享祚長久至有踰六七百年者以其傳子之心公於爲天下不私於己故也伏見聖代隆興不崇儲貳故

授受之際天下憂危曩者建藩屏之國授諸侯之兵所以尊王室衛社稷實祖宗創業之弘規也迨乎中統之初頗異於是恃其國之大也謀傾王室者有之恃其兵之强也圖危社稷者有之當是之時賴陛下斷自聖衷筭無遺策故總攬權綱則藩鎮之禍消矣深固根本則朝廷之計定矣此陛下守文之善經也何以言之天下者太祖之天下也律令者太祖之法令也陛下豈欲變易舊章作爲新制以快天下耳目之觀聽哉誠以時移事變理勢當然不得不爾期於

天下之安而已矣由此觀之國本之議昭然甚明不可緩也語曰雖有智慧不如乘勢雖有鎡基不如待時今年穀屢登四海晏然此其時矣億兆戴德侯王向化此其勢矣誠萬世一時也夫天與不受則違天意民望不副則失民心失民心則可憂違天意則可懼此安危之機不可不察也伏惟陛下上承天意下順民心體三代宏遠之規法春秋嫡長之義內親九族外協萬邦建皇儲於春宮隆帝基於聖代俾入監國事出撫戎政絕覬覦之心壹中外之望則民心不

措邦本自固矣陛下蘊謙光之德縱不欲以天下傳子孫獨不念宗廟之靈社稷之重生民之塗炭乎願陛下熟計而爲之則天下臣民之幸甚矣其三曰中書政本責成之任宜專臣伏見陛下勵精爲治頻年以來建官分職綱理衆務可謂備矣曰中書曰御史曰樞密曰制國用曰左右部夫承命宣制奉行文書銓敘流品編齊戶口均賦役平獄訟此左右部之責也通漕運謹出納充府庫實倉廩百姓富饒國用豐備此制國用之職也備軍政嚴武備闢疆場肅號令

謹先事之防銷未形之患士馬精強敵人畏服此樞密之任也若夫屛貴近退姦邪絶臣下之威福強公室杜私門糾劾非違肅清朝野非御史不能也如斗之承天斟酌元氣運行四時條舉綱維著明紀律總百揆平萬機求賢審官獻可替否內親同姓外撫四夷綏之以利鎮之以靜涵養人材變化風俗立經國之遠圖建長世之大議孜孜奉國知無不爲作新太平之化非中書不可也皇天以億兆之命懸之於陛下之手陛下受事上天子愛下民其道無他要在愼

擇宰相委任責成而已欽惟陛下元首之尊也中書股肱之任也御史耳目之司也方今之宜非中書則無以尊上非御史則無以肅下下不肅則內慢上不尊則外侮內慢外侮亂之始也上尊下肅治之基也故虞書載明良之歌賈生設堂陛之論其旨豈不深且遠哉凡今之所以未臻於至治者良由法無定體人無定分政出多門不相統一故也臣謂諸外路軍民錢穀之官宜悉委中書通行遷轉其賞罰黜陟一聽於中書其善惡能否一審於御史如此則官有定

名之實法有畫一之規矣又大臣貴和不貴同和於
於義則公道昭明有揖讓之治同於利則私怨萌生
起忿爭之禍此必然之效也誠能中外戮力將相同
心和若鹽梅固如金石各慕相如寇恂相下之義夾
輔王室叶贊聖猷陛下臨之以日月之明懷之以天
地之量操威福之權執文武之柄俾法有定體人有
定分上之使下如身之運臂臂之任指下之事上如
使足之承身身之尊首各勤厥職各盡廼心夫如是
天下何憂不理國勢何憂不振乎雖西北諸子未覲

天顔東南一隅未沾聖化其來庭之議稱藩之奏可
尅日而待不足爲陛下憂也所可憂者大臣未和大
政未通群小流言熒惑聖聽干撓庶政虧損國威摧
壯士之心箝直臣之口至使人情以緘默爲賢以盡
節爲愚以告訐爲忠以直言爲譁是皆姦人敵國之
幸非陛下之福也臣恐此弊不已習以成風將見私
門萬啟於下公道孤立於上雖有夔臯爲臣伊周作
輔亦不能善治矣陛下有垂成太平之功而復有小
人基亂之釁此臣所以爲陛下惜也今大臣設有姦

邪不忠竊弄國柄者御史自當言之乃其職也百官自當論之乃其分也烏在無賴小人不爲鄉黨所齒者驟興攻訐之風於朝廷之上乎臣知國家承平吉祥之言必不出於若輩之口也惟陛下遠之則天下幸甚其三曰人材治本選舉之方宜審臣聞君天下者勞於求賢逸於得人其來尚矣葢天地間有中和至順之氣生而爲聰明特達之人以待時君之用是以聖王遭時定制不借材於異代皆取士於當時臣愚以爲今之天下猶古之天下也今之君臣猶古之

君臣也今之人材猶古之人材也賢俊經綸之士豈皆生於曩代而不生於當今哉顧惟陛下求之與否爾伏見取人之法今之議者互有異同或以選舉爲盡美而賤科第或以科第爲至公而輕選舉是皆一巳之偏見非古今之通論也夫二帝三王之下隋唐以上數千百年之閒明君睿主所得社稷之臣王霸之輔蓋亦多矣其豐功盛烈章章然著於天下後世之耳目者迹其從來亦可考也或起於耕耘或求之於版築或獵之於屠釣或遇之獻言而入侍或由薦

進而登朝至於賢良方正直言孝廉貢舉之著遭際
萬殊不可勝紀豈一出於科第乎自隋唐以降迄於
宋金數百年間代不乏人名臣偉器例皆以科第進
豈皆一出於選舉乎及乎遇合於君聚精會神於朝
廷之上皆能尊主庇民論道佐時寧復有彼優此少
之間哉夫士之處世亦猶魚之處水今魴之在河鯉
之在洛人皆知之其取之之術固有筌罾罟釣之不
同期於得魴得鯉則一也臣愚謂方今取士宜設三
科以盡天下之材以公天下之用亡金之士以第進

士并歷顯官耆老宿德老成之人分布臺省諮詢典故一也內則將相公卿大夫各舉所知外則府尹州牧歲貢有差進賢良則受賞進不肖則受罰二也須降詔書布告天下限以某年開設科舉三也三科之外繼以門廕勞效參之可謂才德兼收勳賢並進如此則人人自勵安敢苟且庶幾野無遺材多士盈朝將相得人於上守令稱職於下時雍丕變政化日新陛下端拱無為而天下治矣夫天下猶重器也器之安危置之在人陛下誠欲措天下於泰山之安基宗

社於磐石之固可不以求材爲急務乎詩曰濟濟多士文王以寧其斯之謂歟抑臣又聞凡人臣進深計之言於上自古爲難昔漢賈誼當文帝治平之世建言諸侯强大將不利於社稷譬猶抱火厝之積薪之下而寢其上火未及燃因謂之安甚非安上全下之計莫若衆建諸侯而少其力可謂切中時病矣然當時舉皆以誼言爲過故帝雖嘉之而不能用逮景帝之世七國連兵幾危漢室誼之言始驗於此矣董仲舒當武帝窮兵黷武之初重歛苛刑之際一踵亡秦

之餘敝唯崇尚虛文而欲求至治仲舒以爲更化而不更化雖有大賢不能善治譬之琴瑟不調甚者當更張而不更張雖有良工不能善鼓耳又言臨淵羨魚不如退而結網臨政願治不如退而更化可謂深識治體矣然當時舉朝皆以其言爲迂故帝雖納之而不果行逮季年之後海內虛耗戶口減半帝於是發仁聖之言下哀痛之詔仲舒之言寔驗於此矣向若文帝用賈誼之言武帝行仲舒之策其禍亂之極必不至此漢之爲漢又豈止如是而已哉曁乎有唐

馭宇太宗皇帝淸明在躬以納諫爲心而魏徵之論恥其君不及堯舜是以知無不言言無不聽聽無不行故能身致太平比功較德優邁前主矣臣誠才識駑鈍不足以比擬前賢如霄壤涇渭固自有間然於遭逢聖明誠誠懇懇志在納忠其義一也臣請以人身之計言之且冬之祁寒夏之甚暑此天時變於上者也在修人事以應之故祁寒則衣之以裘甚暑則服之以葛非人情惡常而好變也蓋亦理勢當然不得不爾期於康寧其身而已矣或者安於循習昧於

變通冬之裘且加於流火鑠金之夏夏之葛苟施乎堅氷折地之冬將見嚴酷厲人危在朝夕矣又烏能荅天地之正算蒼喬松之上壽哉國計安危理亦如此臣愚切謂三本之策若施之於太祖用武之世有所未遑行之於陛下文明之時誠得其宜矣此是天下之公論非臣一人之私意也願陛下不以人廢言力而行之則可以塞禍亂之源可以明太平之化可以保子孫於萬世可以福蒼生於無窮矣臣猥膺外藩不明大體加以性識愚戇干冒宸嚴不勝戰慄隕

越之至

論盧世榮姦邪狀　陳天祥

竊惟御史臺受國家腹心之寄爲朝廷耳目之司選置官僚扶持國政肅清風憲鎮遏姦邪卑職等在內外百司之間伺察非違知無不糾非於人有宿讎私怨而懷報復之心也葢於國家事體所繫者大臣子之分不得不然往者阿合馬以梟獍之資處鈞軸之重內懷陰狡外事欺謾專擅朝權收羅姦黨子姪親戚分制州軍腹心爪牙布滿中外威福由巳生殺任

情稔惡之心爲謀不淺實賴聖上洪福幸殞其命妻
子誅竄無有孑遺此乃前途之覆車後人之明鑑也
於其貪暴曠代罕聞遺毒於今未能湔洗人思至元
之初數年之治莫能忘也去春安童大丞相自遠而
還天下聞之室家相慶咸望復膺柄用再整宏綱思
仰治期謂可立待十一月二十八日忽聞丞相果承
恩命復領中書省事貴賤老幼喜動京師繼而知有
前江西道榷茶轉運使盧世榮者亦拜中書右丞中
外諠譁皆云彼實阿合馬黨人乃當時貪横之尤者

訪其根因來歷往往能道本末之詳今自罪廢中僥
倖崛起卒爾驟當宰相之任分布黨與內外連結見
者爲之寒心聞之莫不驚駭斯乃生民休戚之所關
國家利害之所繫事之大者莫大於此甲職食祿居
官任當言路舍此不言將復何用且宰相之於國家
猶棟梁之於巨室也所居職任荷負非輕非有才望
壓服人心必致將來傾覆之患易曰開國承家小人
勿用必亂邦也傳曰小人之使爲國家菑害並至雖
有善者亦無如之何由是言之置立相臣寧容不審

彼盧世榮者素無文藝亦無武功實由趨附賊臣阿
合馬濫獲進用始憑商販之資圖欲白身入仕輿賦
輦繭輸送其門所獻不充又别立與欠少課銀一千
定文卷買充江西道榷茶轉運使其於任所靡有不
爲所犯贓私動以萬計其隱秘者固難悉舉惟發露
者乃可明言凡其取受於人及所盜官物通計鈔二
萬九千一百一十九錠金二十五錠銀一百六十八
錠茶引一萬二千四百五十八引馬二十五匹玉器
七件其餘繁雜物件今皆不錄已經追納到官及未

納見合追徵者俱有文案人所共知今竟不悟前非狂悖愈甚以苛刻爲自安之策以誅求爲干進之門旣懷無饜之心廣設貪奪之計而又身當要路手握重權雖其位在丞相之下朝省大政實得專之是猶以盜跖之徒掌阿衡之任不止流恩於見代亦恐取笑於將來朝廷信其虛誕之說用居相職名爲試驗實授正權校其能敗闕如此考其行毫髮無稱斯皆旣往之眞踪可謂已然之明驗若謂必須再試止可敘以他官宰相之權豈宜輕授夫宰天下譬猶製錦

初與驗其能否先當試以布帛如無能效所損或輕今乃捐相位試驗賢愚亦猶捨美錦較量工拙脫致隳壞悔將何追雖有良工在傍亦莫如之何矣今也丞相以孤忠在上渠輩以同志合從中間縱有一二善人勢亦安能與彼相抗惟以一齊人之語寧堪衆楚人之咻終恐事效無徵同歸不勝其任自古國有名賢不能信任而爲群小所沮以致大事隳廢者多矣如樂毅之於燕屈平之於楚廉頗之爲趙將子胥之爲吳臣漢蕭望之楊震之流唐陸宣公裴度之類

千數百年之後讀其傳想其人無不斂容而長歎者今丞相亦國家之名賢也時政治與不治民心安與不安繫在丞相用與不用之間耳又如玉昔帖木兒大夫伯顏丞相皆爲天下之所敬仰海內之所瞻依者朝廷果實專任此三名相事無大小必取決而後行無使餘人有所阻撓仍須三相博採衆議於內外耆舊之中取其聲望素著衆所推尊者爲之參贊則天下之才悉展効用能者各得盡其能善者皆得行其善此誠厚天下之大本理天下之大策爲今致治

之方莫有過於此者又安用揞克者在位倚以爲治
哉如以三相總其綱領群才各得其職下順民欲上
合天心兆庶之氣旣和天地之和斯應天地交而品
物遂風雨調而年事稔上天所賜獲益良多若聽聚
歛之人專爲刻剥之計民力旣困國用遂空兆庶誠
有慘傷天地必生災異水旱相仍螟蝗作孽年歲荒
窘百姓流離於其所損亦豈輕哉愚嘗推校事理國
家之與百姓上下如同一身民乃國之血氣國乃民
之膚體血氣完實則膚體康強血氣損傷則膚體羸

病未有耗其血氣能使膚體豐榮者是故民富則國富民貧則國貧民安則國安民困則國困其理然也昔魯哀公欲重斂於民問於有若對曰百姓足君孰與不足百姓不足君孰與足以此推之民必須賦輕而後足國必待民足而後豐書曰民惟邦本本固邦寧歷考前代國家因其百姓富安以致治百姓貧困以致亂自有天地以來未之聞也薄賦輕徭者天下未嘗不安也急征暴斂者天下未嘗不危也故孟獻子曰與其有聚斂之臣寧有盜臣誠以爲聚斂之患

過於盜賊莫斯爲甚也夫財者土地所生民力所集天地之間歲有常數惟能取之有節故其用之不乏今盧世榮欲以一歲之期將致十年之積危萬民之命易一已之榮廣邀增羨之功不惜顛連之患期錙銖之悉取帥上下以交征視民如讎爲國歛怨果欲不爲國家有遠慮惟取速效於目前肆意誅求何所不得然其生財之道既已不存歛財之方亦何所賴將見民間由此凋耗天下由此空虛安危利害之機殆有不勝言者計本人任事以來百有餘日驗其事

迹備有顯明今取本人所行與所言已不相副者昭舉數事始言能令鈔法如舊鈔今愈虛始言能令百物自賤物今愈貴始言課程增添三百萬錠不取於民而能自辦今却迫脅諸路官司勒令盡數包認始言能令民皆快樂凡今所爲無非敗法擾民之事旣及於民者民已不堪其生未及於民者民又難爲後慮若不早有更張須其所行自弊蠹雖除去木病已深始嫌曲突移薪終見焦頭爛額事至於此救將何及所謂早有更張者宜將本人移置他處量與一職

待其行事果異於前治政實有成效然後陞用未以
爲遲不使驟專非分之任無令致有橫侈之權則朝
廷無將來後悔之患本人無阿合馬喪家之禍君臣
父子之間上下兩全其美非惟國家之幸實亦本人
之大幸也彼心能自審此卑職必不是憎如或不然
亦何敢避愚亦知阿附權要則寵榮可期違忤重臣
則禍患難測緘默自固亦豈不能正以事在國家關
係不淺憂深慮切不得無言又況阿合馬事敗之後
朝臣以當時不言之故致蒙聖旨詰讓者多矣今卑

職忝預言官適值有此若復默無一語實有懼於將
來正須盡此愚直之心庶免知而不言之責旣已言
矣敬聽所裁俯伏於兹待罪而起

元文類卷十四終

元文類卷之十五

元　趙郡蘇天爵伯修父編次
太原王守誠君實父較訂

奏議

諫幸五臺疏　元貞二年五月上　李元禮

臣聞古人有言曰天下之得失生民之利害社稷之大計惟所見聞而不繫職司者獨宰相得行之諫官得言之今朝廷雖不設諫官監察御史職當言路即諫官也烏可坐視得失而無一言以裨益聖治萬分

之一哉伏見五臺剏建寺宇土木旣興工匠夫役不下數萬人附近數路州縣供億煩重男不暇耕女不暇織百物踊貴則民將有不聊生者矣又聞太后親臨五臺布施金幣廣資福利其不可行者有五何則時當盛夏禾稼方茂百姓歲計全仗秋成扈從經過千乘萬騎不無蹂躪其不可一也太后春秋已高親勞聖體往復暑途數千里山川險惡不避風日輕一霧露萬一調養失宜悔將無及其不可二也陛下卽位以來遵守祖宗成憲正當兢業持盈之日凡上舉

動必書簡册以貽萬世之則書而不法將焉用之其不可三也夫財不天來皆出於民今朝廷費用百倍昔時而又勞民傷財以奉土木其不可四也佛者本西方聖人以慈悲方便爲教不與物競雖窮天下珍玩供養不爲喜雖無一物爲獻亦不爲怒今太后爲國家爲蒼生祟奉祈福福未獲受而先勞聖體聖天子曠定省之禮軫思親之懷其不可五也伏願中路廻轅端居深宮儉以養德靜以頤神上以循先聖后之懿範次以盡聖天子之孝心下以慰元元之望如

此則不待祈福而福自至矣臣元禮謬當言路不避僭越而惓惓不已者誠以臣子愛君之心切冀其一悟聖聰與其受不言之責寧獲敢言之罪天下幸甚

建白一十五事　馬祖常

竊惟古者建立言事之官非徒擿拾百官短長照刷諸司文案蓋亦拾遺補闕振舉綱維上有關於社稷下有係乎民人禮文風俗治體所存名爵謚贈政理斯在教化有方則善惡自別設施有法則緩急自明重穀則農自勤定制則官自守修武則先郵兵嚴試

則可勸吏事欲窮其本末言似涉於繁無統論難悉條析易陳所有建白一十五件逐一開具如左伏請
聞奏施行

一　夫惟天子者上承天地下紹祖宗社稷是寄黎庶是戴崇高尊大無與比隆奉養當極其精美保愛當極其嚴密大而一飲一食小而一嚬一笑若調攝玉體凝順中和則清明在躬淑善感應欽覩
皇上仁心如堯儉德如禹伏願重以承天地祖宗之鴻業於進御之間當以玉食宜乎榮衛者爲先

至於酒醴固是穀麥所釀然更乞於進御之際命近侍臣隣思一獻百拜之義則天下生靈不勝幸甚

一郊祀者國之大禮在古所隆欽惟聖上仁慈孝敬度越百王伏願今後郊祀之日大駕親有事於南郊親祼於太室則天地荅貺神明降禧薄海內外咸仰聖德太平之福群生幸甚

一大內正衙古之帝王朝百官之地今大明殿是也觀闕盤鬱城雉繚環祖宗之所御黎庶之所瞻

今聖主謙德彌恭尚居東宮之舊竊慮民物觀聽有所未諭伏願賜御大明正衙鎮服華夏統體天地何以言之譬日月星辰順居次舍則萬物被光群生仰明

一百官朝見奏事古有朝儀今國家有天下百年典章文物悉宜燦然光於前代況遇聖上文明之主如科舉取士吏員降等之類屢復古制惟朝儀之典不講而行使後世無所鑒觀則於國家太平禮樂之盛實爲闕遺且夫群臣奏對之際御史執

簡史官執筆縉紳珮玉儼然左右則雖有懷姦利乞官賞者亦不敢公出諸口如蒙聞奏命中書省會集文翰衙門官員究講參酌古今之宜或三日二日一常朝則治道昭明生民之福也

一古之爲治蓋有禮樂非徒事刑法之末也夫有道之世措置施設悉存禮樂之義欽惟聖上君德昭然孝慈純備嚮居潛邸招致天下儒學之臣延納海內知名之士禮樂文物洽乎聖性故踐位以來進儒術而抑吏道卻珍禽而絕游畋清心寡欲

民物豐阜其用儒之效固已驗矣獨未聞今皇儲左右天下儒學之臣有幾海內知名之士有幾也伏願憲臺聞奏乞賜依準治古之法命朝臣集議典制請行皇太子視學齒胄之禮明示天下教化之本雖道德之躬仁孝温文固已篤至然聞見習熟又在薰陶此實係國家萬世之福卑職先上疏特請選擇師傅左右之人至今未蒙施行然區區之情實念及此不勝切至之甚

一中書省樞密院御史臺三府掾史雖職掌文書

亦日佐大臣决理政務伏請聞奏設立律學筭學博士命隨朝二品三品正流衙門吏人欲求轉補三府掾史者就其所業於律學算學博士之前應試依科舉差監察御史監試吏禮部官知舉每一周歲試舉一次則三府有得人之實下無躁進營求之私試中之人不必限以出身之高下不中者發下本役考滿不得過從七品仍預照會施行則立賢無方公道不偏

一諸道宣慰司除吐蕃南詔兩廣福建外如淮東

浙東荆南山東四道並爲無用徒月費俸廩坐養
官吏而已如依準前代制就令一道重鎮路分總
管達魯花赤帶受本道宣慰使等職各鈐轄數路
上不煩朝廷虚設職官人吏下不使數路官府牽
制煩複無益於事
一諸翼軍官自萬戸下至百戸子弟承襲父兄之
職者合參酌古今之宜設立武舉並須習學兵法
武藝如蒙古色目人只試以武藝如願試兵法中
者陞階漢人兼試兵法武藝中式者方許承襲如

布衣之士願試及中者於各翼或不敘或戶絶等
歇空相應名闕內擢用如此庶使武備不弛軍政
稍嚴保大定功之事爲體不輕必若今日難於更
張則四方宣力老將旣已病死承襲驕脆子弟但
知酒色裘馬爲華好一旦直欲冒矢石執干戈以
犯勍敵不惟本人自取肝腦塗地從軍將吏死復
何辜卑職歷觀前古之迹其禍患弊病未有不生
於太平之世竊慮及此伏乞施行
一司徒司空皆古三公之流人臣名爵無極此位

比者聖上踐祚之初沙汰冗濫尤甚此官近歲屢有雜人等如沈宗攝汪元昌輩亦受司空司徒切慮天下後世傳爲口實非便

一親民之官守令爲急然守令者緣係朝廷遷除之人才或不良心亦知懼而行省所差府州司縣提控案牘都吏目典史之徒往往恃其名役之細微縱其姦猾舞文弄法操制官長傾詐庶民蓋此徒出自貼書小吏數十年間轉充是役卑職頊居田畒嘗聞此等言曰我等身無品級子無廕敘原

此初心謂之無賴而令竊美府州司縣之權剥刻
單弱以肥其拏艮可憫嘆如蒙聞奏命中書省除
各路存留官經歷知事照磨外其餘革去請參酌
古制令各州判官僉書州事各縣主簿勾稽本縣
文簿實爲官制不紊體統稍均人旣有名事自不
苟爲係於民不細伏乞施行
一命將守邊國之司命然御將之方當盡其道毫
銖一失利害懸絶要先知其艱難勞苦之情平居
使之順其逸樂略其深文密法而不責其小廉曲

謹然後效死也易是為御將之道夫將不可不擇也擇而用之勿疑不疑則專專則重重則可倚倚之而不效則召而殺之無輕召之理今近歲連召北大將似涉輕易古語云臨敵易將非策也竊慮及此伏乞聞奏施行

一漢軍征戍嶺海之南歲病而死者十率七八其所屬軍官利在危殆之際必用資財擬指軍人北方本家所有孳畜田産厚息借貸準折還納終致破産不敢有詞夫以世襲軍官蠶食部下行伍深

可哀痛今後如蒙將在嶺海及漳汀等數處征戍軍人果有病患除官爲看醫外其貧苦闕用之人比及取發封裝以來宜令本處有司約量借放封裝到日撥除還官並不收息或應借貸而不借貸不應借貸而借貸者從本道廉訪司體察究治如此庶不致中原軍戶日蹙軍官日富

一侍衛親軍根本所係宜令各衛指揮使立時教閱練習武藝膂力訓養精銳則萬一應卒得用仍除鎮衛守把外不令與官員作工蓋造役使勞苦

幸甚
一太常定謚古今美制欲使姦人知懼於死後善人有勸於生前近歲謚號之稱不公殊甚如今後太常定謚不公宜令監察御史糾彈庶使輿情稍伸國典不瀆
一農穀天下之本也四民則以農爲次百貨則以穀爲首操布帛之重輕關生民之休戚者穀爲急焉而近年工商淫侈游手衆多驅壠畝之業就市井之末蓋爲政者失勸農之道焉今後乞將各路

府州縣達魯花赤專管諸軍奥魯總管知府知州縣尹專勸農事事既歸一功仍可就更講究重穀勸農之方畫一開坐行下有司遵守如民有馬牛驢畜遞相食踐田苗並彼此爭告田土疆界不實等罪名及民間婚姻債負拖欠金銀資財許得以穀贖罪準折轉賫之類果有力田之人縣州勸農官等就於見在錢糧內撥賞束帛豚酒然後開申不實者許廉訪司體察如此旌異慰勞行之數年必有成效

建言五事

許約

伏覩世祖皇帝登極詔書有曰天下大業非一聖一朝所能兼備也切惟官有未備政有未舉正賴後聖補之方今天下官職咸備治具畢張其所以輔成先朝之弘規者遠矣然於天朝盛典顧尚有未暇舉行者約以不才猥當言路切有管見五事伏冀採擇一曰開經筵所以資聖學也二曰立諫官所以隆大業也三曰祀勳臣所以勸有功也四曰定配享所以明道統也五曰廣薦舉所以求遺逸也縷陳如左合行

具呈御史臺聞奏施行

一曰開經筵夫經筵之設將以講明正學培養君德所謂經筵侍講與今翰林侍講侍讀名同而實異自漢唐以來人君聽講經史者多矣至唐穆宗始召韋處厚路隋爲侍讀命講詩書至宋司馬光程頤嘗充是選此即經筵侍講崇政殿說書也世祖皇帝嘗令左丞許衡具六經中有益於政事者進講裕皇在東宮時亦嘗令賓客宋衜日講尚書今聖上崇尚儒雅勵精求治凡可以興太平者莫

不舉行唯經筵之制未能復古縱有爲之建明者而有司行移翰林令侍講侍讀就充是職殊不知其職所掌實不同也今莫若於在廷諸臣中擇其學問正大義理精明者二員俾爲經筵講讀官於經史中擇有裨於世道時政者進講不必屑屑於章句但舉其大義質諸政事明天地性命之理古今治亂之原君子小人之辨學術邪正之分又選近臣二員領其事伺聖上清燕爲之引進導達或半月一講或一月一講仍預令翰林編集世祖嘉

言聖德與凡政事之弛張賢哲之謀謨人材之進退財用之出納及命將出師混一區宇遠謀宏略類爲一書如貞觀政要每遇經筵必先令講讀一二條次及經史其於治道實非小補

二曰立諫官古者天子有諍臣七人諸侯有諍臣五人大夫有諍臣三人其職即漢之諫議大夫與近世左右司諫正言也考之前代并隷中書省古之賢君不惟善納諫又屢賞諫臣導之使諫是以能成至治傳有之賞諫臣者國必興今百司庶府

已備獨諫官猶未設誠爲曠典伏望於廷臣中選其色温氣和進止從容明先王之道合乎當今之宜不激切以沽名不矯亢以立異者二員備爲諫議大夫使之開陳治道啓沃聖心此誠當今急務也孟子云責難於君謂之恭況吾皇聰明仁聖不以爲難必能賞諫臣以來天下之善言矣

三曰祀勳臣大禘詩曰實維阿衡實左右商王禘於太祖則知當時功臣與祭故末章明言伊尹也盤庚告群臣曰兹予大享於先王爾祖其從與享

之是知功臣配享實始於殷孔安國曰古者錄功臣配食於廟烝祭於大烝烝冬祭也謂之大者物成衆多之時其祭於三時爲大也孔穎達曰近代以來功臣配食各配其所事之君周禮司勳凡有功者銘於王之太常祭於大烝此功臣配享之見於經者也故唐以房玄齡高士廉屈突通配食太宗以馬周張行成李勣配食高宗宋以趙普曹彬配食太祖以薛居正潘美石熙載配食太宗其餘各以功臣配此功臣配享之見於史者也欽惟我朝

自太祖皇帝肇起朔方奄有區宇開國元勳皆蒙古大臣表表見於世者甚多今國家除薦新外十月上旬大祭誠合古者冬祭大烝之禮宜以功臣配享不惟不忘舊勳實有以勉勵羣臣雖古人泰山若礪黄河如帶之意何以過此望令近臣講究太祖以來蒙古大臣各配食於所事列帝之庭是誠一代之盛典與傳諸無窮矣

四曰定配享自唐祀夫子配以顔子至宋陞孟子與顔子並配然當時未知道統之傳也自伊洛之

學典性理之説明始以顔曾思孟並列於夫子之左蓋得夫子之傳者顔曾子思也得曾思之傳者孟子也道統之傳於是得其序矣故江南諸路廟學皆以四子並配以子張居七十二子之首自兩廡升於十哲以補曾子之闕雖云亡宋之制然綱常名教所係此當因而不當革者也今京師廟學與河北諸路府學並循亡金之舊左顔右孟與夫子並居南面奚有是理哉孟子學於子思子思學於曾子是知孟子乃曾子門人之弟子曾子乃孟

子師之師也今屈曾子於從祀之中降子思於廊廡之末師之師不過一籩一豆門人弟子牲牢幣帛一與先聖等又豈有是理哉况今天下一家同軌同文豈容南北之理各異也或謂學校所以明人倫然路點皆父也回參皆子也子先父食於理安乎竊以爲不然葢廟學乃國家通祀猶朝廷之禮也父爲庶僚子爲宰職各以其德與勳也如遇朝會殿廷班列則父雖尊安能超之子上哉殊不知抑私親而昭公道尊道統以崇正學乃所以明

人倫也如今序傳道之配使顏曾思孟並列於夫子之左虛其右隅以避古者神位之方自兩廡升子張於十哲以補曾子之闕不惟先儒師弟之禮不廢使南北無二制天下無二禮亦可以見我朝明道統得禮之中足以垂世無窮矣

五曰舉遺逸天生一世之才足以供一世之用顧其用之者何如爾科舉之法實始於隋唐後世因之而科舉益甚然科舉與辟舉之法並行故唐之人才爲盛然房杜裴郭諸公未必盡出於科目也

宋起孫明復於泰山而處之胄監援蘇洵於眉山而進之容臺擢程頤於西洛而寘之講筵所以尊尚有德自足以聳動天下而人才之盛職此之由今罷薦舉獨行科舉之法命有司以防姦欺設邏卒以檢懷挾功名之士不拘小節固不以爲嫌彼恬退高蹈之士必不屑就大抵科目固足以得士亦豈能盡得天下之賢中人以下之資可以利誘若學際天人道全體用者安肯決榮辱於三場競是非於寸晷哉當於科目之外別立薦舉之法若

學行兼備肥遯林泉不求聞達不屑科目者聽所
在保舉待以不次夫如是不徒有以奬拔恬退而
野無遺賢之美溢於唐虞矣

太廟室次議　劉致

竊以禮莫大於宗廟蓋宗廟者天下國家之本禮樂
刑政之所出也唐虞三代漢晉唐宋靡不由之洪惟
聖元龍興朔陲聖聖相承積德累功百有餘年大經
大法固已追遠唐虞三代而宗廟未有一定之制方
聖天子繼統之初衆正登庸之日定一代不刊之典

而爲萬世法程正在今日適兹新廟告成奉遷伊邇其合於禮而宜於今者固當議而行之也按王制天子七廟三昭三穆與太祖之廟而七孫毓曰太祖在北左昭右穆差次而南賈公彦曰后稷居中昭處於東穆處於西古者父子不並坐昭穆所以別父子遠近親疎之序而使不亂也兄弟共爲一世昭皆爲昭穆皆爲穆七世而止唐增爲九世十二室趙宋因之爲十二室世有定數而室無定數其室次以西爲上太祖居西夾之東爲第一室以下各序昭穆次第而

東聖朝取唐宋之制定爲九世遂以舊廟八室而爲六世太祖居中爲第一室爲一世睿宗居西爲第二室爲一世世祖又西爲第三室爲一世裕宗又西爲第四室爲一世順宗居太祖之東爲第五世成宗又東爲第六室兄弟二室爲一世武宗又東爲第七室仁宗又東爲第八室以無餘室結綵殿於東壁近南兄弟二室爲一世故八室止爲六世其制頗與賈公彥后稷居中之制相近而昭穆不分父子並坐不合禮經新廟之制一十五間東西二間爲夾室安奉太

祖皇帝爲萬世不遷之祖所存十室太祖旣居中則唐宋之制不可依惟當以賈公彥昭穆次序而列之也父爲昭子爲穆則睿宗當居太祖之東爲昭之第一世世祖居西爲穆之第一世裕宗居東爲昭之第二世兄弟共爲一世則成宗順宗顯宗三室皆當居西爲穆之第二世武宗仁宗二室皆當居東爲昭之第三世英宗居西爲穆之第三世昭之后居左穆之后居右西以左爲上東以右爲上苟或如此則昭穆分明秩然有序不違禮經脗合事宜誠一代不刊之

典可爲萬世法程也若以舊廟爲累朝定依室次於
新廟遷安則顯宗躋順宗之上爲東之第一室居裕
宗之下則爲西之第五室顯宗之室定而英宗之室
始可議焉蓋顯宗在東則仁宗以下更無餘室顯宗
在西則英宗當祔仁宗之下以禮言之春秋閔公無
子庶兄僖公代立其子文公遂躋僖公於閔公之上
書曰逆祀及定公正其序書曰從祀先公爲萬世法
然僖公猶是有位之君尚不可居弟之上況未當正
位者乎若以此言之則成宗宜居上順宗次之顯宗

又次之若以國家兄弟長次言之則顯宗固當居上順宗次之成宗又次之英宗居西祔裕宗之下則兄躋弟上猶爲逆祀而孫居父祖之上可乎國家雖曰以右爲尊然古人所尚或左或右初無定制古人右社稷而左宗廟國家宗廟亦居東方蓋位之所當然也豈有建宗廟之方位既依禮經而宗廟之昭穆反不應禮經者乎且如今之朝賀或祭祀宰相獻官分班而立居西則尚左居東則尚右及行禮就位則西者復尚右東者復尚左矣公私大小讌會亦然但人

不之察耳致職居博士宗廟禮文之事所宜建明然事大體重宜從史院詳酌行移集議取自聖裁

貞定玉華宮罷遣太常禮樂議　元永貞

竊聞天子七廟萬世之通義三代以還莫違茲道原廟之制隆古未聞漢孝惠從叔孫通之請始詔有司立原廟遂有衣冠月出遊之名其後郡國所在因各立廟至元帝永平四年貢禹奏郡國祖宗廟不應古禮宜正定天子是其議罷之謹按尚書黷於祭祀時為弗欽春秋之義父不祭於支庶君不祭於臣僕之

家伏觀聖朝建立七廟崇奉孝享可謂至矣而睿宗
皇帝神御別在貞定路玉華宮竊惟有功德於天下
者莫如太祖皇帝世祖皇帝太祖皇帝不聞有原廟
世祖皇帝神御奉安大聖壽萬安寺歲時差官以家
人禮祭供不用太常禮樂今玉華宮原廟列在郡國
又非龍興降誕之地主者以臣僕之賤供奉御容非
禮之甚伏望朝廷稽前漢故事致隆太廟玉華宮照
依京師等寺影堂例止命有司以時祭供罷遣太常
禮樂非獨聖朝得典禮之正而在天之靈無褻瀆之

煩而禮官免失禮之責矣

元文類卷之十六

元　趙郡蘇天爵伯修父編次
太原王守誠君實父挍訂

表

東昌路賀平宋表　徐世隆

聖人之兵仁而威無遠不服天下之勢離必合有險
即平方期四海之會同豈許一江之限隔捷書屢至
慶頌交馳欽惟皇帝陛下至德體元中華開統美化
旣東西之被兼愛豈南北之分初建文臣播告方國

昭示包荒之量絶無陵弱之心弗圖島夷輙拘使節誘納我叛將盇據我歷城雖就鯨鯢之誅尚遺蜂蠆之毒蠢爾三苗之弗率命予群后之徂征一鼓而定荆襄再駕而降鄂岳蘄黄面縛江漢心歸鐵瓮之堅城巳摧金陵之王氣何待楚地六千里不勞秦將之增兵錢塘十萬家坐見吳王之納土僞將悉朝於闕下幼君遐竄於海中方知恃險而亡應悔求和之晚兹雖天意實出聖籌歷觀往古混一之難未有今日飛渡之易臣某等叨居牧寄喜聽凱音矧曾充載筆

之臣尤當述集勳之事駿奔効命正海內一家之時虎拜揚休上天子萬年之壽

車駕班師賀表（中統元年九月爲眞定廉宣撫作）　李治

臣某等言伏爲逆黨悉平車駕迴鑾者黃鉞耀威果凶徒之一掃翠華旋軫遽明詔之再頒率土皆臣普天同慶伏以周之煕朝而造管叔武庚之役漢之盛世而行淮南濟北之誅事豈樂爲兵非得已屬者逆屬相煽狂童恣行潛包禍心搆成內難惟聖人必欲去害斯天子所以有征爰興問罪之師庸示安民之

勇靈旗順指醜類畢潛衣暫試於一戎月連飛於三捷春生秋殺玄化何私天動星迴鴻鈞自斡宗祧鞏固永孚無疆之休日月貞明定爲群目之用此葢皇帝陛下運膺千載道貫九皇雄斷雷馳廟謨洞徹既多算以勝少算況至仁而伐不仁是宜氛祲廓清車書混一大統會歸於中統太平今睹於開平凡在陶甄疇非鼓舞臣某等忝以守官於藩翰不獲稱慶於闕庭想迎六尺之輿遥祝萬年之壽

賀平宋表　孟祺

臣佔顏等言國家之業大一統海岳必明主之歸帝王之兵出萬全蠻夷敢天威之抗始干戈之爰及迄文軌之會同區宇一清普天均慶欽惟皇帝陛下道光五葉統接千齡梯航日出之邦冠帶月支之國際丹崖而述職奄瀚海以爲家獨此宋邦弗遵聲教謂江湖可以保逆命舟楫可以敵王師連兵負固踰四十年背德食言難一二計當聖主飛渡江南之日遣行人乞爲城下之盟逮凱奏之言還輒姦謀之復肆拘囚我信使忘乾坤再造之恩招納我叛臣盗漣海

二城之地我是以有六載襄陽之討彼居然無一介行李之來禍既出於自求怒致聞於斯赫臣肅將禁旅恭行天誅爰從襄漢之上流復出武昌之故渡藩屏一空於江表烽烟直接於錢塘尙無度德量力之心乃有殺使毀書之事屬廟謨之親禀謂根本之宜先乃命阿剌罕取道於獨松董文炳進師於海渚臣與阿术阿荅海等忝司中閫直指僞都犄角之勢既成水陸之師並進常州一破列郡傳檄而悉平臨安爲期諸將連營而畢會彼極窮蹙迭出哀鳴始則爲稱

姪納幣之祈哀則有稱藩奉璽之請顧甘言何益於實事卒銳旅直抵其近郊招徠用事之大臣放散思歸之衛士崛強心在四郊之橫草都無飛走計窮一片之降幡始豎其宋國主率諸大臣已於二月初六日望闕拜伏歸附訖所有倉廩府庫封籍待命外臣奉揚寬大撫戢吏民九衢之市肆不移一代之繁華如故茲惟睿算卓冠前王視萬里爲目前運天下於掌上致令臣等獲對明時歌七德以告成深切龍庭之想上萬年而爲壽更陳虎拜之辭

進授時曆經曆議表　楊桓

協時正日國政之大端章往考來曆書之明驗一或失應衆所共瞻豈天運之靡常殆人爲之未密昔稱作者初匪一家其始也莫不精微未幾則旋聞疎闊葢由年拘積算日括周分不知闚測以考真率多傳會以求合必欲行於永久詎容失之毫釐幸當累洽之辰共仰同文之治事加詳覈法貴變通欽惟憲天述道仁文義武大光孝皇帝陛下政順陰陽德齊穹壤燭消息盈虛之理得裁成輔相之宜爰命文臣若

稽乾象晝則考求實晷夜則揆度中星察氣朔之後
先定躔離之朓朒精思密索討本窮原革前人苟簡
之規成盛代不刊之典其爲要旨具載成書所有授
時曆經三卷立成二卷轉神注式一十三卷曆議三
卷已繕寫成二十一冊隨表上進干冒天威不勝惶
懼震越之至謹錄奏聞伏候敕旨

進實錄表　　王惲

典謨述堯舜之功令名顯著方冊布文武之政義問
宣昭粤自漢隋及夫唐宋咸有信史以貽後來況大

業豐功震今耀古惟深善述首議不丕揚洪惟世祖皇
帝仁孝英明睿謀果斷爰從潛邸有志斯民植根幹
而佐理皇綱聘耆德而講明治道始平大理再駕長
江過化存神有征無戰迨其龍飛灤水鼎定上都革
弊政以維新擴同人而一視規模宏遠朝野清明內
則肇建宗祧創設臺省修舉政令登崇俊良外則整
治師徒申嚴邊將布揚威德柔服蠻羌加以聖無不
通明靡不燭守之以勤儉樸素養之以慈惠雍和收
攬乾綱綜覈名實賞罰公而不濫號令出以惟行萬

彙連茹群雄入彀削平下上統正中邦慕義嚮風聲
教實朔南之暨梯山航海職貢無遐邇之殊方且開
學校而勸農桑考制度而興禮樂國號體乾坤之統
書畫煥奎壁之文罄所有而醻戰功不待計而救民
乏聽言擇善明德緩刑歛福錫民遇災知懼得洪範
維皇之理過周宣修政之勤以致時和歲豐民安吏
恰蓋帝德克周於廣運故至公均被以無方可謂文
致太平武定亂略繼一祖四宗之志兼三皇五帝之
功開天立極者三十五年立經陳紀者二萬餘事以

謙讓弗遑於備紀故纂修未至於成書欽遇皇帝陛下寅紹詒謀厲精圖治亟鑒觀於成憲思適駿於先聲深詔下臣俾爲實錄宅心宗祀凝孝羨墻開館局而增置官僚敕群司而大紬圖籍編摩旣富搜訪加詳採摭於時政之編參取於起居之注張皇初稾增未見於罕聞承奉綸音俾綴繁而就簡俯殫管見仰體宸衷盡略虛文一存實事其饗會征伐文物 典章粲焉列三代之英蔚爾開萬世之業與夫才德孝廉之士忠良姦佞之臣版圖生齒之繁財賦畜牧之盛

謹依條據粗致無遺今具所修成世祖皇帝實錄二百一十卷事目五十四卷聖訓六卷凡二百七十卷謹繕寫爲二百七十帙用黄綾夾複封全隨表上進臣等忝備台司幸膺盛典顧惟載筆才何有於三長勉進蕪辭慮庶幾於一得冒瀆聖聽不勝驚惶

進三朝實錄表皇慶元年十月進　程鉅夫

一人御極聿嚴金匱之藏三后在天實監玉堂之記粤若稽古克底成書欽惟皇帝陛下孝友慈仁温文睿哲統之垂業之創念昔繼承功以著德以彰在兹

纂錄首崇筆削之任式宏龜鑑之圖臣等職忝禁林才非良史繫年繫月豈足盡於先朝作典作謨庶有徵於今日臣等以所編成順宗皇帝實錄一卷成宗皇帝實録五十六卷事目十卷制詔錄七卷武宗皇帝實録五十卷事目七卷制詔録三卷總計一百三十四卷繕寫已畢謹具進呈

翰林國史院陞從一品謝表　程鉅夫

天開文運治再覩於熙朝地切詞林恩比崇於極品群情胥悦斯道增華欽惟皇帝陛下德與日新聖由

天縱禮儒臣而加異相古所無進院秩以示優自今伊始親授銀章之重益爲玉署之榮臣等學愧前修位隆往代典謨訓誥敢忘黼黻之勤元首股肱願效賡歌之盛

謝賜禮物表

吴　徵

接地風雲際會親逢於明主麗天日月照臨遠及於老臣賜之以府庫之財衣之以筐篚之幣承恩過厚揆分何堪俯瀝愚衷仰塵睿聽伏念臣荆楊賤士樵牧孤蹤幼誦孔氏之遺書無繇見道長值朝家之典

運有幸爲民愧碌碌之譾才乏卓卓之奇節以言其文章則體格卑陋以言其學行則器識凡庸自甘晦迹於深山豈覬發身於昭代大鈞靡不覆幬小物亦預陶鎔惟成宗法至元首賁丘園之隱歷武宗建延祐游升館閣之華先帝擢之禁林今皇處以經幄講讀古訓對揚耿光誤蒙上聖之簡知得厠群賢而布列然犬馬餘齒已非少壯之年而螻蟻微誠莫展驅馳之志外之弗能效勤勞於郡縣內之弗能禆謀議於廟堂縻廪粟費俸錢素餐甚矣辱高位速官謗清

論凛然因負採薪之憂遂辭視草之職雖心同葵藿常戀闕庭柰景迫桑榆宜歸田里未嘗毫釐有補於國況又耄耋無用於時淵度涵容寵錫優渥兹蓋欽遇皇帝陛下乾坤博施海宇皆春忍令散材汩没於泥塗欲俾寸草沾濡於雨露閔憐周恤固君父惻隱之仁悃欵控陳乃臣子辭讓之禮倘冒昧而拜貺實踧踖以懷慙敢致懇祈乞垂矜允收此九重之大惠全其一介之小廉壹是歡榮等如祇受臣栖遲畎畆既難強筋力以輸忠教誨子孫誓當竭精神而報上

所賜鈔錠叚疋除已嚮闕謝恩外未敢欽受謹奉表
辭謝以聞

進實錄表 至治三年二月進　　袁桷

十年御極聿修四繫之編億載揚休殊乏三長之筆
祇成信史上徽宸旒洪惟仁宗聖文欽孝皇帝仁靜
根心溫恭合德詩書造士闡學制以設科法律爲師
嚴官規而限祿諏經作則稽古鑑今蓍龜定主鬯之
公棫樸藹奉璋之衆宜登琬琰永祕縑緗欽惟繼天
體道敬文仁武大昭孝皇帝陛下慕切羹墻令行金

石宰時昭考摭言行以無遺迪惟前人繼聖明而有造臣等尊聞傳信竭思纂題閱歷歲年已深慙於尸素經緯日月期不朽於汗靑臣某等所編成仁宗皇帝實錄六十卷事目一十七卷制詔録一十三卷總計九十卷繕寫已畢用黃羅袱封全謹具進呈

賀登極表　　虞集

鴻業啓圖世守肇基之迹龍庭受賀躬膺大曆之歸欣戴云初謳歌爲盛欽以世祖紹統乾之運裕皇隆出震之名推一本之均齊累四朝之繼及於惟景命

監至德之無私粤在大宗御禎符而有慶天心攸屬
國勢以安欽惟陛下道合彌綸功存綏撫立長式遵
於家法計宜允愜於輿情車服旌旗皆我祖宗之舊
星辰河嶽赫乎宇宙之新時開太平人用寧壹臣等
叨承重任適際昌期建皇極以敷言親揚彝訓坐明
堂而布政永贊成能

經筵官進職謝恩表　虞集

聖作稽古知崇效天開筵肆講於前經當宁屢煩於
明詔垂憲萬世一新經緯之文有臣十人並拜便蕃

之賜獨與睿斷創始明時伏惟昔者明王不以天縱
而自聖本之先哲式資道揆以開人故伏羲則畫於
河圖神禹錫疇於洪範凡將圖治慎在求聞益帝王
傳授之精布乎方冊而古今治亂之迹可以鑒觀爰
洛傅洽之材用廣聰明之職然守職業者特見諸政
事之著惟事啟沃者先端其心術之微故茲曠典之
行實重真儒之寄必經業可以發聖賢之蘊必器能
可以相禮樂之成必養德之全素蒙乎信必至誠之
積可致感通苟非其人不稱茲選而臣等性本固陋

學尤迂疎守其師說之遺僅不忘其章句及轉國人之譯粗可達其性情所謂材有限而道無窮心欲言而口不逮猶重昔人之嘆況乎臣等之愚是故設醴上尊數邅廣厦既極詢諏於累歲蔑聞補報之微功敢謂能自得師坐而進道更錫官聯之重俾專誦說之司雖竊恩榮愈增憂責茲蓋伏遇皇帝陛下以乾坤之德爲德以堯舜之心爲心無一念不在於民生無一事不遵於祖憲遐方畢服猶虞水旱之爲災群賢在朝尚恐俊良之攸伏必命二帝三王之至盛以

登四方萬國之太平下收瑣末於芻蕘俾益涓埃於
山海臣等敢不力循古訓各盡微衷非先王之法不
敢言冀必由於正路雖末世之事不敢避庶有戒於
前車尚勸九歌用稱萬壽

進實錄表 至順元年五月進　　謝端

瑶圖啓運新元會之重熙金匱紬書述先朝之顯烈
素慚載筆今幸成編洪惟英宗睿聖文孝皇帝德洽
堪輿恩覃動植制禮作樂粲乎宗廟之儀登明選公
秩若朝廷之紀四年無前之盛治兆民至今而永懷

惟刪定之公乃可稱於信史固纂修之久將有俟於
明時欽惟皇帝陛下適駿有聲粤若稽古謂文武之
道必方冊而後傳而堯舜之心在典謨而可舉彰繼
述之善志大揚厲之洪休蓋尊所聞莫匪爾極臣等
事微四繫學愧三長煥乎文章無能名其爲大寫之
琬琰庶有補於將來臣等所編成英宗皇帝實錄四
十卷事目八卷制誥錄二卷總計五十卷繕寫已畢
謹具進呈

進經世大典表 至順三年三月進

歐陽玄

堯舜之道載諸典謨文武之政布在方策道雖形於
上下政無間於精粗特於紀錄之間足見彌綸之具
是以秦漢有掌故之職唐宋有會要之書於以著當
代之設施於以備將來之考索我國家受命龍朔纘
休鴻基發政施仁行葦之忠厚世積制禮作樂關雎
之風化日興紀綱具舉於朝廷統會未歸於簡牘欽
惟欽天統聖至德誠功大文孝皇帝陛下總攬群策
躬親萬幾思祖宗創業之艱難與天地同功於經緯
必有鋪張以揭皦日必有述作以藏名山爰命文臣

體會要之遺意徧勑官寺發職故之舊章倣周禮之六官作皇朝之大典臣某叨承旨諭俾綜纂修物有象而事有原質爲本而文爲輔百數十年之治蹟固大略之僅存千萬億世之宏規在鴻儒之繼作謹繕寫皇朝經世大典八百八十卷目錄十二卷公牘一卷纂修通議一卷裝潢成秩隨表以聞伏取進上

元文類卷之十六終

元文類卷之十七

元

趙郡蘇天爵伯修父編次
太原王守誠君實父挍訂

表

賀正旦表

劉敏中

曆頒夏正大春秋一統之書禮謹漢儀受圖貢四方之賀歡均朝野慶洽天人中賀剛健體元寬仁育物董官常而敷聖訓炳如日月之臨恤民隱而降德音翕叶地天之泰至和斯應景福維新臣等夙被寵榮

參司端揆無尺寸效仰裨財成輔相之功願億萬年
永享伴奐優游之樂

賀冊后表　楊文郁

聖德日新端齊家以身之本坤元位正備臨軒發冊
之儀慶溢九重歡騰四表中賀受天成命遵祖詒謀
謂王教攸基莫若人倫之重然治道之至庶資內治
之勤昭法象於軒星崇聲明於椒掖以贊嚴宸之孝
理以協太母之徽音臣等服在近司顒觀盛際道符
羲易占順承載物之亨願擬堯封申富壽多男之祝

賀元旦表

姚登孫

寶曆晨開恩誕敷於朔紀瑤池春滿慶先輯於東朝日月淸華神民闓懌　中賀　道符乾統躬啓皇圖懿範難名備聖人之全德仁規妙運濟天下於太寧壽並兩儀福延萬世臣等班聯文石職忝膠庠仰測卦爻喜三陽之通泰俯陳歌頌奉億載之怡愉

賀建儲表

姚登孫

坤元居上挾皇統於中天震器有歸衍孫謀於奕世神人闓懌河岳淸寧　中賀　聖德難名徽音夙著心游

太極兩儀剙玄範之功身佑三朝九鼎重宗磐之勢迺春宮之肇建知景命之永延臣等嘉與諸儒欣逢
盛典日月啟重光之運幸囿照臨華嵩開萬壽之期
惟厪歌頌

賀聖節表

李之紹

寶曆建元協重華之嘉運瑶光貫月開上聖之貞符
盛德在秋昊天有命 中賀 聰明稽古孝友根心丕顯
文謨端拱巖廊之上達觀新邑式均道里之中揆震夙之昌辰卜豊穰於今歲璇璣肇紀玉斗儲祥臣等

肅謹班聯遥瞻粹穆宣昭鴻業載賡七月之詩耆定
武功願繼萬年之雅

賀聖節表　鄧文原

天開景運篤有道之曾孫電繞神樞受介福於王母
毓稜瑞靄閶闔臚傳中賀誕紹鴻圖丕承駿命至仁
育物得秋而萬寶成盛德在躬居所而衆星拱當立
經陳紀之始爲施仁發政之規郊廟肇禋朝野胥樂
臣等名叨玉署目極璇霄廣文王有聲之詩載歌律
吕衍殷宗無逸之壽虔祝華嵩

賀正旦表　　盧亘

瑤圖星拱禮盛三元璇宇天臨懽同九有煥宸文於
懿範洽聖孝於英猷中賀廸喆徽柔濬幾淵靖崇勳
廟社消群慝而佑顯謨決策宮闈定神器而凝景命
妙用夙諧於坤載大明參懋於乾剛臣等乆玷中書
肅承內治儀新鴻號深仁昭被於綿區嘉錫隆禧慈
訓永光於汗簡

賀親祀太廟表延祐七年

九重御極太平端拱於中天萬舞奏庭盛禮告成於

清廟群方胥賛百辟交孚中賀剛健日新聰明時憲祖有功宗有德衍歷服之無疆車同軌書同文底烝民之作乂袞冕華昭於日月笙鏞和協於神人崇億載之洪基舉累朝之曠典臣等忝司政府肅侍齋宮籩豆駿奔仰宣室受釐之慶衣冠稱賀效華封祝聖之誠

賀親祀太廟表 天曆元年

虞集

寶曆在躬祇服祖宗之訓太宮修祀於昭禮樂之文海宇均安神人交暢中賀德崇恭讓道積寬仁艱難

具察於民勞徯戴宻繇於天授慶雲就日護璽綬以來歸瑞雪宜年洗干戈而載戢圭袞會龍章之盛簫韶致鳳羽之儀臣等備立台衡依光宸極羣工述職賛文治之成功萬壽膺符受明禋之純嘏

賀聖節表　虞集

春回正月律和舞鳳之庭日浹芳旬瑞紀流虹之渚縟儀洊舉治象更新中賀　盛德在躬至仁育物紫微華葢煥乎經緯之爲章朱草醴泉妙與生成而合化天開壽域人樂熈辰臣等弱翰無功清光有赫對揚

休命絲綸緝黼黻之文歌頌永年簡册載衣裳之治

賀正旦表　　虞　集

陽春發育明新若日之方中正朔會同溥博如天之爲大顯承盛化恊慶昕庭中賀神武成功至文備德綜萬幾而益裕達四聰而弗遺禮樂從容建用維皇之極圖書宣朗緝熙於穆之純假郊廟以受釐率臣民而錫福臣等叨陪鼎鉉式賛鈞陶時和歲豐願保無疆之祚風淳俗美永歌有道之朝

賀正旦表　　宋　本

泰元神筴天開六甲之端北斗帝車星值三朝之旦立政伊始與時俱新中賀睿智有臨明哲作則萬機初振熈鴻號於紀年九廟載安被龍光於宗黨誕啟用材之路式推澤物之仁臣等身際昌辰首班著位風行雷動賡歌殊愧於古初日升月恒善頌惟先於壽考

賀親祀南郊表 至順元年

謝端

四方于理事天致恭巳之誠三年而郊卜日叶用辛之吉功成治定禮備樂和中賀端拱無爲純一不二

肇舉明禋之典載嚴升配之文大呂黄鍾音協雲門之奏鎭圭繅籍輝聯蒼璧之華祥風和氣之與游景星慶雲之疊見穹示集貺宗社蒙休臣等叨佐清朝欣觀熙事列圜壇之八陛幸陪漢畤以侍祠陳泰階之六符願舉兕觴而上壽

牋

賀正旦牋　　夾谷之奇

位拱少陽仗簇黄麾之曉氣暄太簇祥開青禁之春邦本益隆輿情胥慶（中賀）仰遵聖訓參洪政機執中

傳精一之心作貳毓元良之望重明繼照陰邪常遏於未形九四在淵陽德克潛於巳著茲履端之云始宜介福之孔多某等素乏長材叨居端尹星輝海潤莫酬沾被之恩月恒日升茀祝綿延之算

賀千秋牋　楊文郁

陽常居於大夏方收養毓之功震一索爲長男載啓亨嘉之會慶鍾甲觀歡溢寰區中賀克哲克明允文允武春坊翊善茂隆邦本之貞曉寢問安長奉天顏之喜茲臨彌月之節宜膺百順之祥臣等竊備詞官

進趨庭賀幸聞樂府奉重輝重潤之章請合輿情上俾熾俾昌之壽

賀千秋牋　　袁桷

心依宸極前星耀於明堂卯爲春門大電環於甲觀盛德集福至和儲祥中賀體仁法元師古合道溫恭事帝密輔相以生成問學積躬益緝熙而光大疇咨黃髮之彥庸佐青闈之規茂對誕辰宜膺純嘏某等肅瞻儲禁忝職詞林鶴駕陳儀喜承顏於兩殿鴻圖衍慶願介壽於千秋

賀正旦牋　虞集

玉燭調元播陽春於萬物褘衣乘翟奉景福於一人懽溢宮闈慶延宗社中賀柔嘉維則博厚無疆帝業中興五色鍊補天之石女功內治七襄成報日之章膺瑁冊之穠華衍金支之奕葉茂迎蒼曆益介洪禧某等備位外廷稱觴前殿二南風化歌關雎正始之音萬年室家樂既醉太平之運

箴

絅齋箴　鄧文原

元坦使君以絅名齋屬巴西鄧文原敷繹其義乃作箴曰

維古悊人德美内植揚休弗矜反躬藏密在易坤厚含章可貞明夷蒞衆用晦而明善欲淵潛志無衒飾辟諸裼襲身章之則彼夸毗者内視歉如迺崇澆僞以眩羣愚鼓鍾有聞屋漏滋愧爾車甚澤而人斯瘁綮南郭子尚絅是遵匪曰隱几式企書紳

慎獨箴　　安熙

可尊者德可畏者天無慮不有無時不然念慮之發

必有其幾勿隱其隱勿微其微從事於斯是曰慎獨
自此精之萬物並育豪髮有間天理弗存利欲紛拏
厥心則昏於戲戒哉敬作此箴書諸座隅以警其心

銘

簡儀銘　姚燧

舊儀昆侖六合包外經緯縱橫天常衺帶三辰內循
黃赤道交其中四遊顛仰釣簫凡今改為皆析而異
繇能疏明無窒於視四遊兩軸二極是當南軸攸沓
下乃天常維北欹傾取軸栔應鏤以百刻及時初正

赤道上載周列經星三百六十五度奇羸地平安加
立運所履錯勒干隅若十二子五環三旋四衡絜焉
兩綴闚距隨撥留遷欲知出地究兹立運去極幾何
即遊是問赤道重衡四弦末張上結北軸移景相望
測日用一推星兼二定距入宿兩候齊視巍巍其高
莫莫其遥蕩蕩其大赫赫其昭步仞之間肆所賾攷
明乎制器運掌有道法簡而中用密不窮歷校古陳
未有倖功猶歟皇元發帝之藴畀厥羲和萬世其訓

仰儀銘

姚燧

不可形體莫天大也無競維人仰釜載也六尺爲深
廣自倍也兼深廣倍絜釜兌也振漑不洩繚以澮也
正位辨方日子卦也橫縮度中平斜載也斜起南極
平釜鐓也小大必用入地晝也始周浸斷浸極外也
極入地深四十太也北九十一赤道斷也列刻五十
六時配也衡竿加卦巽坤內也以負縮竿子牛對也
末旋機杖窾納芥也上下懸直與鐓會也視日漏光
何度在也暘谷朝賓夕餞昧也寒暑發斂驗進退也
薄蝕終起鑒生殺也以避赫曦奪目害也南北之偏

亦可槩也極淺十七林邑界也深五十二鐵勒塞也淺赤道高人所載也夏短冬永猶少差也深故亦平冬晝晦也夏則不沒永短最也二天之書曰渾葢也一儀即揆何不悖也以指爲告無煩喙也闇資以明疑者沛也智者是之膠者怪也過者巧曆不億輩也非讓不爲思不逮也將窺天朕造物愛也其有俟然昭聖代也泰山礪兮河如帶也黄金不磨悠久賴也鬼神禁訶厎勿壞也

漏刻鐘銘

姚燧

靈臺設簴廣巍以尊元間大呂非其舄摯曠善鼓手自煩宮商艮諧等釜盆請無以聲以功論一日之中兩昕昏一鳴一刻有度存九圍一圃折柳樊黔首時作時饔飧日月如是相告敎三辰聽命循軌垣四序不忒迭寒暄萬物生翕盈乾坤何獨治歷逌此源凝熈帝績高義軒積世而運會而元吉金之舌愼莫捫轂響誰其代天言

渾象銘　楊桓

於昭聖皇德惟天希容察乾坤動符化幾乃命太史

考順求違制器象天具體而微度數綦布星次珠輝
道分黄赤擬議玄規兩極低昂中主璇璣圜方象地
極樞以維地本天函術取外圍反而觀之其趣同歸
體雖至約用足明大象設目前人居天外觀天之裏
合象之背日月交錯五行進退造化無窮不出戶内
始終參求簡儀是配於昭聖皇夙夜睿思先天天合
後天奉時先後惟天聖皇無爲

玲瓏儀銘　　楊桓

天體圜穹三辰在中星雖紀度天實無窮天度之數

環周三百六十五度四分度一因星而步推日而得月交十二往來盈虧五星參差進退有期判爲寒暑分爲四時太史司天咸用周知制諸法象各有攸施萃於用者玲瓏其儀十萬餘目經緯均布與天同體協規應矩徧體虛明中外宣露玄象森羅莫計其數宿離有次去極有度人由中闚目即而喻先哲實繁茲制猶未逮我皇元其作始備實因於理匪鑿於智於斯萬年寶之無墜

高表銘

楊桓

聖人修政惟農是本農之所見時則爲準過與不及
民安究之動措由中聖人授之時在於天術何以得
制器求之乃見天則日月周運閏餘歲成盈虛消息
在表斯徵分至既辨氣序乃會朔晦一定弦望由對
爰演新曆用詔民時百工允治庶績用熙表中以正
圭平以直不言而諭與時偕極天德芒芒參以明焉
民生皡皡振以興焉惟昔八尺景促分密爲用雖可
每艱辨析聖皇御極百度惟新乃五其昔其用益神
表高之法先哲匪憚其顛景虛取的是患表梁上陳

景符下依符竅得梁景辰精微揆月有方闚几是昳几限容光圭表交應器術之密推步之精歷古於今斯畢其能上天之載無聲無臭聖皇儀刑在其左右仁民育物以對天祐眉壽萬年寶茲悠久

太史院銘

楊桓

天厭下土之亂眷求聖哲以作民主太祖聖武皇帝應運挺生以神武戡除禍難遂定皇元之寶命累聖肖德增功纘烈逮今憲天述道仁文義武大光孝皇帝稟睿聖神自潛藩邸躬率師旅有征無戰天心人

心攸屬攸係及位中國大建都邑任賢使能分設百官政教既行乃制禮作樂廟享祖宗仍遣將帥四征未臣始統一六合周臨天際蠕居無爲飛潛動植仁惠溥霑民既無事唯夫耕女織工器商貨自勞衣食聖慮周悉凡厚民生者無不爲之以農事爲四民衣食之本既設有司以董其勤又思爲振舉之務乃立太史院以講明天道敬授民時焉至元十三年上以循用大明曆久而失當欲刷其制以太子贊善臣王恂業精算術凡日月盈縮遲疾五星進退見伏昏曉

中星以應四時者悉付其推演尋遷太史令以都水
監臣郭守敬穎悟天運妙於制度凡儀象表漏考日
時步星躔者悉付規矩之尋授同知太史事曆成遷
太史令以前中書左丞臣許衡爲命世之賢凡研究
天道斟酌損益者悉付敎領之輔以集賢學士臣楊
恭懿其提絜綱維始終彌成者實前中書左丞轉大
司農臣張文謙尋以昭文館大學士領太史院事凡
工役土木金石悉付行工部尚書兼少府監臣段貞
以經度之凡儀象表漏文飾匠制之美者悉付太司

徒臣阿你哥十六年春擇美地得都邑東墉下始治役垣縱二百布武横減四之一中起靈臺餘七丈爲層三中下皆周以廡其下面日中室爲官府以總聽院政長曰令次同知院事次僉院事以宰輔之重領於上者無定員其屬有主事有令譯史有幹事有庫局之司左右旁室以會司屬議凡推測星曆諸生七十人蒞以二局一曰推算其官有五官正有保章正有副有掌曆分集於朝室二曰測驗其官有靈臺郎有監候有副三曰漏刻其官有挈壺正有司辰郎分

集於夕室凡器用出納於陰室中層離室以刻景曜
巽室以措水運渾天壺漏坤室以措渾天象蓋天圖
震兌二室以圖南北異方渾天蓋天之隱見坎室以
位太歲乾室以貯天文測驗書艮室以貯古今推算
曆法臺顛設簡仰二儀正方案叀簡儀下靈臺之左
別爲小臺際構周廡以華四外上措玲瓏渾儀靈臺
之右立高表表前爲堂表北叀石圭圭面刻度景丈
尺寸分圭旁夾以連構可圭上露天日爲度景計靈
臺之前東西隅置印曆工作局次南神廚算學設位

如上初改曆之議既行卽遣官四遠測景以相參驗
若高麗瓊崖成都和林蓋擬羲和仲叔之命又自上
都南五千里中若東平陽城鄂吉等州各遣官測驗
以求遠近之數十七年冬至以新曆進遷官賞賚有
差十八年頒行之十九年以祕書少監臣趙秉溫遷
昭文館學士知太史院事明年啓皇太子旨以諭德
臣李謙撰曆議二十一年以左侍儀奉御臣阿剌渾
薩理遷集賢學士尋遷大學士並兼太史院事遂以
二十三年春同進曆經屬共二十一卷仍以餘事未

成者奏以臣桓與其議若曆經曆式等序若表漏儀象等銘臣桓既冒言矣又拜手稽首原立院之初序而銘曰

天鑑下民亂靡有定孰能一之聖哲受命太祖神武始開乾坤刱業垂法以貽後昆纘緒紹功剗除妖昏逮今聖皇天錫勇智內修法度外遣將帥伐罪弔民罔越厥志炎方歸命赦其後至武功告成萬國來萃同軌同文重譯奉贄小大悉臣師旅以寧思與萬方永保太平黎民定居蕃息生生爲衣而蠶爲食而耕

士勸其賢工勸其能闢阸夜開商旅通行民惟勤克罔適天宜匡之翼之以煩聖思乃立太史法遵黎義欽若天道敬授民時教其動作時種時穫教其趨向是宜是吉五禮之舉選時爲日代卜代筮不勞龜策期措斯民康壽之域民祝聖皇眉壽萬年民祝聖皇五福駢臻民祝聖皇億兆子孫七政順軌陰陽調均時雨時暘化育秋春蕩蕩巍巍盛德何言天覆地載太平無垠

瓶城齋銘爲淮東憲司知事凌德庸作　閻復

利慾之兵或隳吾城蹂厲之機或發吾瓶墨其守不若修仁義之干櫓金其緘不若篤聖賢之說銘若然則城何懼於脫扃瓶何患乎建瓴哉

王孝女旌門銘　　劉因

女家容城西以母喪感念遂不嫁終身州上其行御史按實禮部令旌表之內翰盧公署其門曰孝女王氏縣人劉因銘曰

孰不娶終身曰曾山之元道州之陽史名卓行何謂非平常二子且然女奚責望盧公表之何用以戒荒

訥齋銘　　吴　徵

君子之訥，不盡其有餘；小人之訥，將言而囁嚅。得善敏於行，近仁者歟？是爲君子儒，非小人儒。

蘊氏藏書室銘　　袁　桷

六學鴻烈，代天昭明。精思纂微，辭以立誠。匪事於言，不言奚宣？析理日繁，直致衍傳。謂默足以，遏絶其知。聞敬焉執，持道焉執。存趙郡氏，蘊崇其書。櫺剖决雲，章經緯有程。靈根湛虚，服習粹精。廣以觀萬，約以守一。迎之莫尋，倚兮不躓。仰止元聖，學海彌溢。

虛室銘　　虞集

天地萬物寓形太虛何有非實虛則俱無有室非虛何名虛室室有毁成而虛無成無受毁質室之在虛無不加廓有不加窒善居室者反同於虛萬古一息

奎章閣銘　　虞集

天曆二年三月吉日天子作奎章閣萬機之暇觀書怡神則恒御焉臣等奉勅刻銘曰

維皇穆清中正無爲翼翼其欽聖性日熙廼闢延閣左圖右史匪資燕娱稽古之理經緯有文如日行天

爰刻貞玉垂美萬年

知許州劉侯民愛銘

李术魯翀

至大元年秋奉直大夫許守劉侯既終更矣郡縉紳先生田浦城劉興國及舊家望族郡人之父兄長者謀劉侯字民之政於石屬筆小子翀懇讓不獲敢蹟侯行事譔次之大德能集乙巳夏六月侯下車家政斬然閫無雜謁其在獻爲苟有利民無或不舉許北距於汴南掎淮楚素號多事侯材識精敏百務叢劇聲容舒徐刃迎而節解吏無稽牘獄無枙訟不尚苛

猛而凜不可犯自公而優入則杜門端晏游泳典籍出則賓禮先覺隆奬學校三時旣隙則帥郡屬叩校官請益經史親爲之倡繇是郡政翕然侯澤物仁而有方耕鑿樹畜求底實效及終三年諸軍數牧外丘陵原隰懇闢殆盡初郊農貿穀市儈連郡豪傲糴外闌擅輕重以售嬛弱胥困乃立斗斛市距州治重督糴翔價之法趨者如歸糴雖升合以上無敢摧衄民農兩利之侯以事由法漸弛復襲舊至杖大駔數人法復立民頌歌之歲丙午河南諸郡饑流瘠日至春

糴價勃湧首發私庾大縮價聽民糴募富民粟數萬斛出糶市慮糴有不均也於諸社責其長月閱數賦與之夏雨戕麥得請出郡廩積年朽耗鑿米薄價紓民春夏徂秋無凋瘵者明年荐饑羸孶狠戾請省出公緡賑之民爲蘓中統抵大德凡所立有司法程討閱簿書彙帙庋寘而據守不踰故勇於拯民而善禦其害省大核屯田臨潁鄧艾口民稻田三百頃入有說省曰此古屯也可復築之下侯按實之侯按至元中司農研水利拓民業隆平生息之道也業此皆三

四十年暴取之民措何地省不避以兵民恫瘝之狀達陳不可卒止宣徽歲遣使征羊馬法三十取一至則肆虐取人莫誰何度其至令縣民大書其法於至壁患遂止程約五縣繇賦齊均凡出錢縣官市物民間曰和買民產所有猶未易供無之則估百倍賦官郡縣苦督責無敢拒貪肆者亦陰幸漁獵雖瘠瘠其民不恤侯深患之土有均賦之苟無之抗簡覆陳不允不止鄢陵扶溝產紅藍猝不時買萬鉅時其地年歉而藍霧民大驚蹙省以侯敏幹略趣買之相其故

力請罷之是不獨仁於許又有以仁其鄰也省檄論因荆而時荆楚大水民饑歸請撤禁山澤以活危墊省移中書如請民濟於阨是其澤不獨囿於近又有以及其遠也其聽訟明察而果哀矜惻怛未始不行其間襄城南距湛河與葉交壤葉民之鹽取解池齊鹽止襄舊樹石河之南堧鐫以畫鹽之法葉令妄徙而北侵襄民近百家嗾漕屬以其法酷穽之兩縣飛狀鬬辯葉引陝漕合攻襄中以危法時侯偕省使者會決之卒以理摧葉復石舊疆民底寧河南先民踈

土曠田價至弱雖有質鬻而契券淵畧鹵莽逮今民
日生集叢蓁灌莽盡化膏沃價倍十百鬪閱滋熾豢
吏蠹法孔穴棼出至有緜曠歲時而莫之決者侯既
清白復詳聽覽而洞情爲佑是懲非至未半歲決以
百數訟爲衰民葛英女嫁而奔人英蹟之獲他婦僤
嚴其舅姑而私寘外者寘家令妻教壻族事如其女
返魂他屍者歸壻不納一男子果爭之訟不決侯行
縣詰之情立出民有以計誣罣其同行者訟縣醉亡
諸絡干獄逮人數十訊不自屢愬州至據地以慟覘

色詐立屈之決囚南陽主婦告奴酖其夫三日死榜楚極憯毒獄久不立侯讞曰實有毒立死無少緩者簡乎獄供有冤立貫之其聽決多此類也舊水旱禱祠桑門羽流雜巫覡囂唄無益一不取齋祓精壹以走群望靈貺昭荅嘗春旱禱八龍井明日雨大作民有擁香拜舞治所者人既德侯侯善使人而知所務長社尉廨僻遠爲創築近郡治使與庫傳狴犴相連峙徼循捍衛弭患無形三皇肇立民極令天下通祠而舊郡祠陋不亟構新之崇葺廟學植檜栢六十四本

築室藏書購塑工體先賢貌影自濂溪及紫陽朱子像而祠於學故實凡相交承則帥宋屬厚贐禮去者於侯又最豐終讓却之始終銖髮無取及是人益信在政曄曄嶽牧風紀屢倚用之軋強鋤暴在人所不敢爲侯不憚也將退政之日其下讋伏如甫至談者偉異之名聲籍籍上游諸公多譽籍之交剡騰薦不一二數士論稱奉法恤民有古良二千石之風知言者是之侯名天孚字裕民家大名以國書生從事中書出判東平移漕司擢知冠州遂遷許風岸嶄立器

度凝遠春秋方強攄用未既加忠孝愷悌出天禀能以學濟之淵乎莫測也浦城名九疇與國名庭瑞皆仕焉而已者聲實素著郡人望所推先郡既不忍弭忘侯德兩公倡率之人彌咨嘆其公云翀既敘其詳乃撮而詩之庸翼郡人寥邈之思辭曰

郡侯繩繩三歲逆旅孰莫我矜侯吾父母我饑以寒燠我餔我鳴柚於家田貇在野緊我窘躓均恫其身膏以雨澤煦吾陽春惟古立學定民之命治有本末禮樂刑政誰蔑棄之謂能其官我侯至止德馨如蘭

士蒙顒顒侯敎載之縉紳煌煌侯勞來之孰匪人哉而玩侯法將薙芟之我用是愬善達而施天下之兼容獨吾私一郡是淹車聲轔轔民莫侯攬有堅其礱鐫配琬琰鼎鼎其來疇允侯蹟跂予望之其永無極

安氏尊經堂銘　　孛术魯翀

明明尊經安氏堂之用有儆惕予其銘之於在古昔挺起神聖越紹上帝昭我明命暨蒼姬氏四術迺崇詩書禮樂順古範鎔文武道衰四敎崩弛孰其捄之天縱夫子龍馬獻圖用著蓍策吉凶悔吝開我人則

二禪三繼曰帝曰王典謨訓誥明我天常志欲有言刑於詠謌雅頌得所神人以和王綱失維列侯遞霸其敢僭踰筆討無赦是謂四府其用不窮大禮大樂升降汚隆宇宙有經終古莫忒民無能名功載人極鼎鼎儒者相與守之孰吾堯桀相與揞之曾子思孟荀董王韓周程張朱以達聖元不息不泯皇衷民彝其有能奮立百世師安氏東垣世以儒名味道之醇服義之精百氏謏聞寧不有當處宜下陳經無二上至小無內至大無外晦不加顯不加泰風雨震凌

栟櫋是屋六籍鳳峙疇非雌伏安父之嗣伯仲叔季稺子鄰孫繩繩繼繼豈徒藏之斯務明之豈徒尊之斯務勤之其徒之賢蘊伯修甫將以所聞往相告語多岐亡羊克敬克念無或怠墮請以銘鑑

儼思齋銘　　楊剛中

理究斯明為殊為同學求斯詳疇初疇終匪心斯圖何彰弗蒙既端爾容既肅爾躬冥凝虛遊視遺聽空思而以斯無微不通跛倚踞欹必弛於中矯咲躁言必隳而功戒哉無忘惟道之融

終

元文類卷之十八

元

趙郡蘓天爵伯修父編次
太原王守誠君實父挍訂

頌

賈侯修廟學頌

吳　徵

世祖皇帝既一天下作京城於大興府之北其祖社朝市之位經緯塗軌之制宏規遠謀前代所未有也至元二十四年設國子監命立孔子廟曁順德忠獻王哈剌哈孫相成宗始克繼先志成其事而工部郎

中賈侯董其役廟在東北緯塗之南北東經塗之東殿四阿崇十有七仞南北五尋東西十筵者三左右翼之廣亦如之衡達於兩廡兩廡自北而南七十步中門崇九仞有四尺修半之廣十有一步門東門南之廡各廣五十有二步外門左右爲齋宿之室以間計各十有五神厨神庫南直殿之左右翼以間計各七殿而廡廡而門外至於外門內至於厨庫凡四百七十有八楹肇謨於大德三年之春訖功於大德十年之秋於時設官教國子已二十年矣寄寓官舍不

正其名丞相以爲未稱興崇文教之實也乃營國學於廟之西中之堂爲監前以公聚後以燕處旁有東西夾夾之東西各一堂以居博士東堂之東西堂之西有室東室之東西室之西有庫庫之前爲六館東西嚮以居弟子員一館七室助教居中以涖之館南而東而西爲兩塾以屬於門屋四周通百間踰年而成不獨聖師之宮巍然爲天下之極而首善之學亦偉然聳天下之望遠邇來觀靡不驚駭嘆美其高壯宏敞蓋微丞相其孰能贊承聖天子之德意而微賈

侯亦孰能闡張賢宰相之盛心哉侯之董役也晨夕
督視不避風雨寒暑措置分畫一一心計指授工師
莫能違焉陞本部侍郎又陞本部尚書出領他處營
造事身雖在外心未能忘廟學也至大二年還朝拜
戶部尚書首詣廟學環匝顧瞻如其家然嗚呼世之
居官者大率簿書期會刀筆筐篋是務知政治之有
原名教之可宗者幾何人哉人咸以爲迂而侯拳拳
汲汲惟恐或後葢其資識卓矣侯少時爲憲府屬憲
長誣其副柄國者仇正直欲置之死數十人皆將連

坐證左迫於拷掠悉附和以成其誣侯與在數中獨守正不阿狥淹繫三載卒不變移受誣著籍是得脫自戶部尚書而參議省事也會有羅織之獄侯議詳讞大忤時宰幾與同罪賴救解以免嗚呼侯之爲人如此宜其於聖道儒術深有契也非夫資識之過人而能之乎侯每以范文正期國學諸生徵聞而愧輒面赤汗下夫文正之爲文正無他亦曰先天下之憂而憂後天下之樂而樂耳嗚呼安得人人不負侯之所期者哉侯名馴字致道濟南鄒平人將歸其鄉故著

侯之所以有績於廟學者爲頌至大四年三月朔國
子監丞吴徵敘詩曰

詩十章章四句

於赫皇元澤彌八埏翼翼京師風化攸先
孔道昺明千古日月帝曰廟之以對光烈
顯允麗臣欽輔神孫祖訓是承往聖是遵
相謂而馴而職而職乃基乃構乃墁乃甓
侯祇相言弗懈以虔新宮巍巍有倬其騫
宮墻之西學官爰作我宏爾居爾懋爾學

爾士來游四方具瞻爾則匪遥像貌肅嚴
恂恂賈侯克敦克敏孰挫其廉孰混其畛
一正不阿百折不回族斯糾紛剸之恢恢
廟學之崇天子之德丞相之功賈侯之力

青宫受寶頌　虞集

天曆二年六月巳酉皇太子受寶於行幄臣等拜手稽首而言曰臣聞古之所謂能以天下讓者審幾於先事謂之至德既勸而肅巽謂之子賢是皆人道之常而未若今日之盛者也我皇太子以仁文之資知

勇之德當撥亂反正以纘祖宗之統則躬當大難嬰犯霜露而不辭及功成治定既膺歷服之歸則推奉聖兄謙居儲貳而不伐剛明之斷堅於金石而無變素定之誠質諸天地而無疑求仁得仁若處固有樂道忘勢訢然無爲此實帝王之所難能古昔之所未有而卓然特見於前後千萬世之內者也臣嘗讀周易而觀於乾龍之象自潛至躍時升位異九五天飛中正極矣盈進而上庸知退夫而仲尼之贊上九曰唯聖人知進退之正言非聖人不能及此噫仲尼發

此義於千五百年之前而昉見其事於聖代宗祏生
靈萬世無疆之福也於戲盛哉臣等幸以文學得備
延閣之顧問親逢盛禮爰敢作頌以獻頌曰
於穆皇儲文武聖明於赫大帝受命輯成天運日行
旣明旣健神交意孚曾是修遠帝載龍旂其行遲遲
萬民徯來皇儲有思載思載瞻于廬于旅式好在原
莫敢寧處風雨孔時道無游塵肅肅鑾車通宵及晨
帝曰勞止毋趣行邁會言近止交喜更慨灤陽之京
世皇所營我毋卽安次于郊坰坰有豐草雨露旣渥

差坼才[illegible]弘繁纓濯濯皇儲攸止百靈具扶群臣受詔
奉寶來趨維時范金龍光上燭匪舊以新景命攸屬
寶來自南追琢有章卿雲隨之五色景芒有親有尊
有友有愛以承武皇聖孝斯在古人有言兄弟家邦
咨爾臣庶於乎勿忘史臣作頌丕昭盛德既壽以昌
子孫千億

駐驆頌

孛朮魯翀

繼天體道敬文仁武大昭孝皇帝即位修明世祖皇
帝隆平故事以故東平忠憲王之孫司徒忠簡王之

子拜住丞相中書至治元年詔若曰忠憲嗣我世祖
功在社稷德在生民其勑詞臣卽王所有范陽采地
朔南康莊碑之昭示悠久冬刻銘旣完十有二月丞
相承詔藏事凡犒工勞衆郡邑無所擾饋賀無所受
天子遣使牲牢之饗秬鬯之禮數異禮隆不一而止
父老聚觀或至感泣明年春正月帝幸涿州至碑所
重瞳凝竚顧瞻有懷秋九月幸易州還丙午帳殿碑
垣之南駐輦御殿上顧丞相若曰汝祖考之績之盛
世載帝室維朕不忘亦惟汝之賢有以相朕益懋世

德故也丞相頓首謝曰既旦大官餼已上步自帳殿御金椅座碑右丞相稱觴獻萬歲壽從臣以次進觴天顏和怡甚久迺去丞相諭翀曰皇上眷我祖考至此不刻以至則未有以稱汝其銘之翀祇稟奉命用敢敘曰

太祖皇帝開創大業忠宣王孔溫窟哇太師魯國忠武王木華黎佐佑神謨拓定疆宇繼世國王皆著大功忠憲王繇國王世胄年十有八嶷然以鉅德大人相世廟統六合舉百度底雍熙仁覆天下以亞大猷

以廸來哲皇上念垂統之艱難守成之不易懷往烈
慰股肱聖度淵深非一介臣能闚萬一敢即所聞見
以獻頌曰
赫赫聖明嗣大寶位祖武斯繩昭我皇制慨想先正
孰佐我家奄奠八紘帝業以華昔我太祖疆理萬國
忠宣忠武功高輔翼雷雨方屯忠武汎掃華夏之民
國王蔭葆巍巍世皇幅員既同弼成治隆忠憲之功
奕奕世憲虎變莫測年未及冠烜著明烈端冕正笏
不動色聲俊傑在職儒碩在廷何昧不昭何隆不舉

何絶不紹何遠不睹二十年間再秉鈞軸天極地蟠
孰匪亭毒至元始終中外人心大耋齠童紈綦至今
天日清明終古莫晦柱石廟廊宗社永賴相國令誰
忠憲胤嗣民之望之忠憲是繼克繼克肅滋益光大
一以至公熙我天載帝謂侍臣丞相之賢家世所因
其勅詞垣于忠憲勛大侈以文配永河山以竦見聞
涿鹿范陽王有采食山川蒼蒼北拱帝極蚑螭盤拏
大麓負之德音不劘神訶護之六龍翺翔馭日霄漢
再狩郊坰目此銘篆淵鑑昭回駐蹕永懷廓清煙霾

以霽九垓從臣焜煌千乘萬騎能不激昂以勵忠義
世世夔契生此德門君臣道合豈徒示恩忠憲來雲
源源裔裔臣頌茲刊丕告無旣

馮侯去思頌　　顧文琛

皇帝卽位之明年詔地官攷輿地圖舉天下縣邑民
數之繁者陞爲州置賢守臣以幸百姓於是越之諸
暨實得今馮侯冀越在漢爲會稽郡其民剽輕漢嘗
以貴近臣爲之守猶或不振輙報聞罷自唐以來越
爲雄藩諸暨爲劇縣尤號難治侯始至州訪民疾苦

知姦猾爲民害由是嚴爲之禁里社長有藏匿者同
其罪姦猾望風引避民頼以安鄉胥舞文虚增税石
民以抑納爲苦侯洞察其姦令民得自陳訴積年弊
欺一旦盡去先是吏卒旁午田里無虚日侯至悉禁
戢之亦無廢事有以私謁莫夜擣於侯者侯輒斥去
之邦之士喈喈稱廉侯聞笑曰廉士大夫常分也廉
耻道喪久矣吾豈詭衆哉吾求以不負吾所學耳凡
豪強撓法者必痛加摧抑無少假借既不逞則群怨
之侯不爲動郡政之暇輒引諸生講習經史州吏環

聽之凜凜乎有富而教之之意會行省以浙西某路荒田失實及瀕海郡鹽法多弊檄侯往問州民數千人遮道請留不得請則相對涕泣如失慈父侯奉檄所至弊衣徒步以察微隱其所以詘姦豪而伸孱懦者甚於爲州嗚呼若馮侯者求之古循吏殆未見其比也或曰班固序漢循吏五人而龔黄爲之最如龔黄者獨不可爲侯比乎僕應之曰漢循吏易能也馮侯未易能也漢郡地方千里太守秩二千石考最者輙入爲九卿次不失爲三輔位尊而權任專故其道

易行其化易成而其事可勉而至也今自州而上有會府有部刺史方伯連率而知州官五品秩不滿五百石制其權而撓其政者非一獨馮侯毅然不爲利疚不爲勢詘蘄於必行其志然則龔黃爲馮侯之所易馮侯爲龔黃之所難烏可比哉衆皆譁然稱善則相率請爲文以頌侯德頌曰

㝡爾暨陽附庸於越生齒滋衆在今爲劇帝披輿圖命陟而州擇賢守臣得令馮侯侯自西來羸馬弊衣邦人環覩且喜且疑侯始爲政循循于于惟姦是屏

惟弱是扶罔俾苞苴累我名節爾氷雖清我行惟潔
堂堂乾坤如侯幾人天實遺侯惠我邦民邦民懽呼
更相告語始疑令信侯我父母昔侯未來骨肉流亡
侯旣來止爾農爾商帝憫下人病於荐饑水利田功
乃懋乃司帝曰咨汝往貳其政侯拜稽首臣曩唯命
我民有言侯母疾驅天子有詔侯不敢徐世無陽秋
孰祀侯德百世不磨視我玆刻

贊

魯齋先生畫像贊　王　磐

氣和而志剛外圜而内方隨時屈伸與道翺翔或躬耕太行之麓或判事中書之堂布褐蓬茅不爲荒凉珪組軒冕不爲輝光虚舟江湖晴雲卷舒上友千古誰與爲徒管幼安王彦方元魯山陽道州萘巽世而同符者也

書畫像自警　劉因

所以承先世之統者如是其孤所以當衆人之望者如是其虚嗚呼危乎不有以持之其何以居

王允中真贊　劉因

齒未老鬢胡爲而白耶耶隱然含四海之憂鬢雖衰顔胡爲而壯耶凜然横千仞之秋竹石丹心砥柱中流百折而必東寸折而不柔其履危犯險幾禍一身然視循默苟容貽害當世者不優耶

質齋贊

蕭𣂏

國子助教祁君子京以質名齋自爲記且銘之一時宗工秀人題詠盡其義矣齋人蕭𣂏掇其遺而爲贊曰

上古聖神仰觀俯察旁及鳥獸取象維八書契干戈

登降控揭化成之具於焉以茁巍乎煥乎重華位陟文命誕敷懋昭大德視民如傷于湯有光姬情孔思謨訓洋洋經緯三極時維至文世變風移覆其質云世之謂文古所無有游夏言行昭昭可考絺章繪句錦心繡口充棟汗牛世用昌取蔽天之明窒人之靈繇政迄廣毗斯以成卓哉祁君矜世之病質以自居求盡其性如彼流泉載浚厥源彼華彼實載殖厥根如賁尚白循循勿勿立德立言成已成物

晦菴先生畫像贊

吴澂

理義密微蠶絲牛毛心胷恢廓海闊天高豪傑之才
聖賢之學景星慶雲泰山喬岳

臨川野老自贊　吳徵

身形瘦削春林獨鶴眼睛閃爍秋霄一鶚遠絶塵滓
大同寥廓自鳴自和自歌自樂

李秦公畫像贊　程鉅夫

歷觀宰輔以無儒者潛龍羽翼公乃大雅帝曰舊學
汝遂相予真儒之效此其權輿熙運方開明良起喜
如龍如雲如魚如水任以天下可謂大臣勞謙得士

清靜寧民想其風采金玉珪璧賜之畫圖式是百辟豈惟丹青盛德形容尙友凌烟黃閣清風

臨川吳先生畫像贊　虞集

業廣而精德周而尊釐析群言以究斯文章甫玄端書册左右愷悌君子天錫眉壽

西夏相斡公畫像贊　虞集

公姓斡氏其先靈武人從夏主遷興州世掌夏國史

公諱道沖字宗聖八歲以尙書中童子擧長通五經爲蕃漢教授譯論語註別作解義二十卷曰論語小

義又作周易卜筮斷以其國字書之行於國中至今
存焉官至其國之中書宰相而歿夏人嘗尊孔子爲
至聖文宣帝是以畫公象列諸從祀其國郡縣之學
率是行之夏亡郡縣廢於兵廟學盡壞獨甘州僅存
其迹興州有帝廟門牓及夏主靈芝之歌石刻凉州有
殿及廡至元間公之曾孫雲南廉訪使道明奉詔使
過凉州見殿廡有公從祀遺象欷歔流涕不能去求
工人摹而藏諸家延祐間荆王修廟學盡撤其舊而
新之所象亡矣廉訪之孫奎章閣典籤玉倫都嘗以

禮記舉進士從予成均於閣下又爲僚焉間來告曰
昔故國崇尚文治先中書與有功焉國中從祀廟學
之象僅存於兵火之餘而泯墜於今日不亦悲夫先
世至元所摹象固無恙也願有述焉以貽我後之人
乃爲錄其事而述贊曰

西夏之盛禮事孔子極其尊親以帝廟祀乃有儒臣
早究典謨通經同文敎其國都遂相其君作服施采
顧瞻學官遺象斯在國廢時遠人鮮克知壞宮改作
不聞金絲不忘其親在賢孫子載圖丹青取徵良史

自贊畫像　虞集

邈乎千載之下而謂古今一時也眇乎五尺之軀而謂天地一體也廓乎不自知其所知也歆乎未能至其所至也俛乎若憂非有傷乎其內也洎乎若休無所待乎其外也服今人之服食今人之食同乎今之人聊以順吾際也讀古人之書頌古人之詩思夫古之人不知老之至也

大象圖贊　虞集

皇帝畫大象圖賜皇太子監察御史前典寶少監臣

其承命裝潢而寶藏之翰林直學士臣集再拜稽首
而作贊曰
有偉馴象直自南域俸華鏤錫路車是服維皇在輿
游目於式任重持安眠力知德燕閒以思寫之几格
天章龍文臻妙造極嗟爾微勞尚𫎇宸臆師武臣能
有不察識若稽包犧受圖布畫遠取不遺以洛神易
擬茲形容克配古昔臣用述贊與世作則

槖佗圖贊　虞集

皇武肇迹宛宛龍漠不居其康輯乘爲郭有服維佗

碣內載崿毳旃帷房俸輣簟鞹軏軏千里載泉于槖
黄頭羔裘騎引顧却入習見聞聖獨有作深宫穆清
思詔勒伩手著厥初伊勞匪樂公劉續稷于邦式廓
裹糧啓行致祚八百史臣作雅稽古允若

靜修劉先生畫像贊　歐陽玄

微黠之狂而有沂上風雲之樂賁育之勇而無北鄙
鼓瑟之聲於裕皇之仁而見不可留之四皓以世祖
之略而遇不能致之兩生嗚呼麒麟鳳凰固宇內之
不常有也然而一見而六典作一出而春秋成則其

志不欲遺世而獨往也明矣亦將從周公孔子之後爲往聖繼絶學爲來世開太平者耶

默庵安先生畫像贊　歐陽玄

寤寐乎明善誠身之書步趨乎格物致知之學關西三鱣未必榮於敎授之四世荀陵八龍奚以過於伯仲之一鏧豈非白茅重而忠信著玄酒醇而嗜慾薄者乎鍾期伯牙有同世而不相遇者吾故於默庵之神交而益以重容城之先覺也

威如穮先生畫像贊　歐陽玄

英英紫芝皎皎素絲冥搜遠討默識近思千雲精深季海孝友德人之容君子之守

郎中蘊公畫像贊　歐陽玄

維予寧父爲名卿士其心塞淵如古君子既合於古詎諧於時職是正直弗究厥施豈家嗃嗃在國諤諤屹如長松矯如一鶚蚤以讜言屢忤權相晚著惠愛足食邊饟剛者必仁仁必有後宜爾有子簡自造秀遺像儼然不亡者存九原可作孰敢吏云

潘雲谷墨贊　李洞

徂徠松雲貯玄谷道人屈中抱其獨琅琅空山萬杵熟道人曄然開電目松雲化石石化玉崢嶸寶氣星漢燭貢之奎章月在積龍光淋漓九宇福

李節婦馮靜君贊　王士熙

古之稱節婦人者不特織紝組紃而已良人不夭未亡殆存出生氣於寒灰之中死者得妥生者已傳其家嗚呼馮氏百世猶誇

元文類卷之十八終

元文類卷之十九

元

趙郡蘓天爵伯修父編次
太原王守誠君實父挍訂

碑文

國子學先師廟碑

程鉅夫

皇慶二年春皇帝若曰我元亂百聖之統建萬民之極誕受厥命作之君師世祖混一區宇亟修文教成宗建廟學武宗追尊孔子所以崇化育材也朕纂丕圖監前人成憲期底於治可樹碑於廟詞臣文之臣

鉅夫拜手稽首奉詔言曰臣聞邃古之初惟民生厚
風氣漸靡聖人憂之越有庠序學校之制天下之治
胥此焉出中統二年以儒臣許衡爲國子祭酒選朝
臣子弟充弟子員至元四年作都城畫地宮城之東
爲廟學基廿四年備置監學官元貞元年詔立先聖
廟久未集大德三年春丞相臣哈剌哈孫荅剌罕大
懼無以祗德意乃身任之飭五材鳩衆工責成工部
郎中臣賈馴心計指授晨夕匪懈工師用勸十年秋
廟成謀樹國子學御史臺臣復以爲請制可至大元

年冬學成廟度地頃之半殿四阿崇尺六十有五廣倍之深視崇之尺加十焉配享有位從祀有列重門修廊齋廬庖庫爲楹四百七十有八學在廟西地遜於廟者十之二中國子監東西六館自堂徂門環列鱗比通教養之區爲間百六十有七制加孔子大成之號祠以太牢贊釋奠雅樂江南復户四十隸之春秋二祀先期必命大臣攝事皇帝御極陞先儒周敦頤程顥程頤司馬光張載邵雍朱熹張栻吕祖謙許衡從祀庶弟子員三百進庶民子弟之俊秀相觀而

善業精行成者歲舉從政又詔天下三歲一大比典賢能於是崇宇陞陛陳器服冕聖師巍然如在其上教有業息有居親師樂友諸生各安其學咸曰大哉天子之仁至哉相臣之賢工曹之勤其知政治之本原矣臣竊謂天地至神非風雨霜露罔成其功斯道至大非聖君賢相罔致其化人性至善非詩書禮樂罔就其器列聖相承謂天下可以武定不可以武治所以尊夫子建辟雍復科舉誠欲人人被服儒行爲天下國家用耳然則黎民於變時雍顧不在茲乎於

戲隆哉臣鉅夫謹拜手稽首而獻頌曰
皇元受命誕惟作京以撫萬邦既訖武功載修文教
登其俊良於穆宣聖垂範罔極首尊而彰曰爾胄子
弗典於學冐風四方學以聚之廩之餼之日就月將
大德嗣服廼建孔廟廼經辟雍考制程財審時相宜
適成厥功辟雍洋洋冕服皇皇羣士景從聖道既明
渙號既加我皇御天執道之中軌物牖民翼翼乾乾
帝學益弘庶政惟和我化用宣躋祀儒師賔興羣材
丕紹厥先相古盛時訏謨遠猷罔不由賢天錫皇祖

神聖文武以有萬國成何不加令何不行何求不獲惟學是務惟材是育下民允迪越厥左右咸有一德以臣乃辟維帝時憲惟臣克念濟濟茂碩禮明樂備永作神主播頌無斁

曲阜孔子廟碑

聖上嗣服之初述祖考之成訓興學養士嚴祀先聖自曲阜始制詔若曰孔子之道垂憲萬世有國家者所當崇奉中外聞之咸曰大哉王言拭目太平文明之治粤明年元貞改元先聖五十三代孫密州尹治

入朝璽書錫命中議大夫襲封衍聖公月俸百千秩視四品孔氏世爵弗傳者久至是乃復申命有司制考辟雍作廟於京師由是四方嚮風崇建廟學惟恐居後闕里祠宇燬於金季之亂閣號奎文若大中門閫存者無幾右轄嚴公忠齊保魯嘗假清臺禎曆錢佐營繕之費歲戊甲始復鄆國後寢以寓先聖顏孟十哲像至元丁卯衍聖公治尹曲阜主祀事將圖起廢奎文杏壇齋廳贊舍即其舊而新之禮殿則未遑也國初封建宗室畫濟兗單三州爲魯國大長公主

駙馬濟寧王分地置濟寧總管府屬縣十六曲阜其一也濟寧守臣按檀不華恭承詔旨會府尹僚佐鄉長者謀曰方今聖天子守成尚文此鄉感化之源禮義之所從出為守臣者敢不對揚休命以廟役為任首出泉幣萬緡衆翕然助之傭工顧力市木於河華石於山掄材於野杗棟櫨桷楹礎之屬悉具又得泗水渠堰積石數百石壘稱是露階鉗砌咸足用焉郡政之暇躬為督視甄陶鍛冶丹雘髹漆以至工師廪積各有司存經始於大德二年之春屬歲侵中止藏

事於五年之秋不期月而告成殿矗重簷亢以層基繚以修廊大成有門七十二賢有廡泗沂二公有位黼座既遷更塑鄆國像於後寢締構堅貞規模壯麗大小以楹計者百二十有六貲用以緡計者十萬有畸落成之日遠近助祭者衣冠幅湊衆庶瞻顒千禩祖庭頓還舊觀於是衍聖公治遣其子曲阜令思誠奉表以聞且以廟碑爲請會選冑子入學擢思誠國子監丞特敕中書賜田五千畝以供粢盛復戶二十八以應洒掃仍下翰林書其事於石臣復承命踧踖

既述興造始末竊惟聖人之道與天地並聖人之祀與天地無極堯舜湯文之君不作而道在洙泗立言垂教推明堯舜湯文致治之由模範百王仁及天下後世願治之主莫不宗之廟貌相望遠乎四海聖人之道固無係於祀禮之隆殺夫尊其道而崇其祀蓋治古之恒規王政之所先也洪惟聖元神武造邦天兵傳汴戎事方殷不忘存敬先聖之祀詔求五十一代孫衍聖公元措歸魯裒集奉常禮樂於兵燼之餘燕翼之謀肇於此矣世祖聖德神功文武皇帝仁霑

義洽九域混同文物煥然可觀內立國學外置郡邑學官而於先聖之後尤所注意遴選師儒訓廸作成需賢以嗣封爵茲志未究皇上纘而成之故自紹膺景命以敦化厲俗爲先務至於博施濟衆敷文來遠哀矜庶獄惠鮮鰥寡由天縱之聖見於設施皆堯舜湯武之舉揆諸聖經之言若合符契用能張皇教本光昭先業以致魯國臣民思樂泮水如附靈臺子來之衆至矣哉觀文化下必世後仁之效豈特震耀一時寔宗社無疆之福也銘曰

道之大原實出於天天何言哉乃以聖傳傳道維何
唐虞三代儀範百王萬世永賴聖人之功與天比隆
聖人之祀垂之無窮皇元肇基撥亂右武天兵趍汴
周禮在魯烝哉世皇載整乾綱始定終綏遂臣萬方
肅肅魯庭嗣封有典德音孔昭聖謨丕顯王者之作
必世後仁繼序不忘成於孝孫適觀厥成是訓是則
思樂泮水作廟翼翼如矢斯棘如翬斯飛籩豆靜嘉
陟降有儀記事孔嚴世爵以延汎掃有戶粢盛有田
聖政聿新希蹤治古僉曰皇明登三咸五泰山巖巖

聖祀綿綿與國無疆於萬斯年

襄陽廟學碑

姚燧

聖元爲制凡士其名而儒其服不糅之民而殊其籍惟責田租商征自外身庸戶調皆復之無有所與者將百年於此矣世祖詔即闕里聚孔顏孟三族置官而教之以俟其成德達材者垂三紀焉是皆無聞歷古而獨見之今者也陛下愜前皇之遠猷舉厥未修之典封衍聖公屢下明詔還正貢莊學田俾完廟養老餼廩師生其於世聖人之胄學聖人之徒覆燾漸

濡德澤至矣府州縣邑爲之牧守令長者率以作新廟學爲政務先而恐風行聖化之後也襄陽宋之鄙城也金社既墟嘗歸吾元由於忽棄不戍故宋切築爲荆北門殆四十年世祖徵兵天下不忍微利一旦以鬬吾民包峴漢而城之視猶圈虎待其自斃五年迺下則其受大兵也爲最久城門闢矣廟學前大閫帥武臣因陋就簡而爲之不稱神居勢宜改爲田之在郊籍既失存民亦廢耕主吏去之無有知其在所不敢視江南他州之有夙儲者其施力又若甚艱此

前政所以苟於其事者惟總管陳衍經度之巳而受更令總管陳義謀之吏民曰明詔如是吾方表田募民覬獲何時明日使是學娓德他州則二千石爲不職且受譴矣不衆爲之就緒無日吏此者割若俸戸此者捐若財應者讙然辭出若一帥守兵家亦勸赴功猶不足用取餘公帑治之二年聖哲中殿賢儒傍序門堂齋庖楹礎林立朔望春秋奠薦講肄籩豆鐘鼓有踐與節入之戾止新視易聽起所墮習而祗畏矣燧魯過矣拜其下庭猶有可憾焉者自唐開元配

食顔子挨曾子於諸子以足十哲前宋則躋孟子與顔氏並雖金百年未之或改後宋則益以曾子子思進子張於曾子之舊故江之南位十哲上亞聖人者四焉宋北平北方學者安顔孟而異曾思浙憲首請黜之當國之臣不然之也其後一侯爲憲河南是時襄陽未入山南猶其所莅也不請而遂黜之由是是廟配止顔孟自今以觀顔曾之於夫子同見而知伯魚前死則子思亦見而知者惟孟子後百有餘歲爲聞而知子思學曾子孟子學子思而得其道統之傳

則曾思之功果不優於孟氏乎顏氏前死有聖人者存未嘗爲書質之於經事十九見贊夫子者纔一問仁與爲邦二焉一以修已一以治人他皆見稱於夫子與不待爲問而自謂之者也曾子述孝經大學子思作中庸孟子則自著七篇之書學者賴之至今爲書三子二子獨見黜是外其師而弟子是尊於聞而知者仍祀不變而顧後所見而知者焉皆不知爲何說也或曰子記汴學已譏立顏路曾晳伯魚於序而坐三子堂上今何云然燧曰嚮所疑者以崇子而抑

父弗安順於倫理非曰可併去之也今江南已配享者可不講而黜之則江之北有功曾思者可不請而配享乎燧故嘗曰人臣有見列而上之則可若制度考文之事天子司之以幸國家遑於稽古之事雖天下學禮之臣羣然議之必得所當義者而後可也侯讋石求銘奉議大夫山南江北道肅政廉訪副使馬公昫分刺是郡亦以侯嘗勤心宜若可言燧曰嗚呼是豈可易爲哉孟子稱智足以知聖人者宰我子貢有若子貢有若以爲自生民以來未有宰我以爲

賢堯舜遠猶未曉言聖人之所由以然孔子語堯曰蕩蕩乎民無能名焉則遠堯舜者益難名矣然自孔子沒訖漢之世將八百年廟焉而不碑其見之金石者孝桓元嘉許魯相瑛置百石吏領禮器與孝靈元興魯相晨奏依社稷出穀王家供禮祀二詔魏曹植始碑之唐則作廟一州必碑宜盛以衆就其善言者韓愈氏處州柳宗元柳州道州曰自天子至於郡邑通祀遍天下惟社稷與孔子又曰仲尼之道與王化遠邇二帝三王無以侔大不敢一言以贊其道無他

葢聖人之道天也善言者繪工也於山水鳥獸草木
之爲物與人孰事或可圖而肖之以語繪天設色而
得其髣髴萬一者古今人無能爲者也故惟著其始
媮而今完者以告夫後之人銘曰維襄形勢始終一
地視時屯亨而爲險易昔焉晝守夜而江山動天下
兵五稔悖頑時匪無學士曰介冑以扞大刑遑事俎
豆皇輿既邈壃南海涯顧爲土中襟帶安施猶爲名
城於漢之域惟廟弊軋不稱瞻式帝眷文教誕告優
優于學湏才如穫𥝢稷是邦承流其陳兩侯衍也經

書義逮成績桓桓新宮實教所基嗟哉襄士挑達何爲聖人遺言具在方冊口誦心維奚異親炙朝趍斯庭夕休斯廬亦奚以問闕里卽居行見接武賔興成德作之君師實帝之力刻詩麗牲用示無極

大典府學孔子廟碑　馬祖常

昔我太祖皇帝受命造邦金人孫于汴太祖卽以全燕開大藩府制臨中夏維時已有定都之志矣故太宗皇帝首詔國子通華言乃俾貴臣子弟十八人先入就學城新剏於兵學官攝於老氏之徒迨世祖皇

帝敎命下始正儒師復學官廟事孔子歸壖垣四侵
地勒石具文作新士子至元二十四年既城今都立
國子學位於國左又因故廟爲京學京師雜五方俗
尹治日不給廟之墻屋弊壞將壓以毀講席之堂粗
完泰定三年今大尹曹侯上視廟貌祠位皆不如制
割稍入爲寮寀倡然後大家富人合貲以聚財者有
焉釋子方士分食以庇徒者有施施于于咸樂相成
延兩廡五十有二楹締構塗飾工良物辨象從祀諸
賢百有五人妥靈惟肖威儀有容又懇請於朝得廪

餼弟子員百人受學於師復其身不勞以事於是天下首善之教興焉廟肇自唐咸通中至遼金燕爲都邑故嘗用天子學制選舉升造與南國角立亦一時之盛也太宗皇帝當雲雷經綸之世聖訓諄切以德賞諭父師以檟楚懲子弟饑焉粟肉渴焉酒醴力焉僕使恩義甚備其養賢勸善之誠固已高出於百王之上矣世祖皇帝立極作則人文昭明登用儒臣躬親講學故當時勲賢之裔以及宿衛之臣罔不以揖讓爼豆之爲懿頫蒙昬庸之爲耻也而三代國學黨

序遂庠家塾之等秩然羅列於上下才學經術用世之士踵武而出暨仁宗皇帝賓興大比四方舉進士凡登賢書策名禮部者京師屢倍於外郡非列聖仁涵義揉百年之禮樂文物推而致之歟燕自虞夏為武衛之服召公之化尚矣昭王築臺以揀賢士鄒衍樂毅劇辛至有稱於世韓嬰以詩易為一家師孔穎達博綜五經卓然庶幾醇儒今多士游歌在庭摳衣在廟將見魯鄒之美矣若嬰穎達宜所不道矧衍毅辛之徒哉夫儒者之學詩書六藝之文以至施天下

之道無有二也後世教不明家異人殊各溺於所習以相詆訾由上之教無以一之嗟夫古者小學大學之師弟子之傳皆本於道德仁義之實著於詩書六藝之文非有教有授則不敢以傳也傳焉而龎雜不經則上有刑也是故風淳而氣同由上之教有以一之也而王國多士逢文明之會肄業有學學有師春秋祀其先聖先師者又有廟有位入有食以處出有貴於衆所以報稱列聖教化之德而應賢侯承宣之志者必冠而起矣提舉學事崔居中教授賈良弼正

張禎祿司視以狀請曰廟之事成前尹馬思忽實能治之今尹曹偉實能終之經歷王孝祖薛讓警巡監院兀都[耳甫]使李權且能考工於下也余既爲言正兗郕沂鄒四公配食東鄉位其來請遂爲銘詩不辭詩曰

皇元有赫奄受大國于月之嵎于日之域京邑翼翼莫不來極予誕敷文德新都有嵯辟雍峩峩璨弁之瑳濟爾象犧鍧爾弦歌新宮則那舊廟如之何皇帝在御百度咸樂海輸維𫐐河浮厥柏是尋是斲虞庠

嶽嶽式光我上國玄聖儀儀玄統龍衣衎我先師既右享之釆芹于池薦此明犧用介我蕃釐蕃釐伊何彼美多士克明克類克諒厥事以登膴仕以媚於天子有鏗華鐘路鼓逢逢言燕于公有翼有顯多士既同天府是庸維曹侯之功曹侯誾誾迺承迺宣御劇迺專虞庠連連王士安安祗國維賢天子萬年

光州孔子新廟碑

馬祖常

光州既新作孔子廟乃以圖來徵文於州人馬祖常曰爾先子爲政於此州州有學以敎人有田以養士

有廟以祀先聖先師矣今久圮不治廟四出無垣登降無階肖象之設五采之服不彰妥靈之位不嚴配侑之序不飾室屋欂櫨周廡重門及籩豆禮器之類一切弊舊取其假備歲春秋釋奠宮及屬師及弟子致齋無次其等一二人辱守兹土割其稍入合民之錢粟筏木陶瓦木材陶良以錢庀工以粟傭力丹漆黝堊鋈錮施色之物皆集作於天曆二年七月九日成於至順元年八月十有八日凡廟位象設稱乎南面而爲王者之居昔之不治者今皆治矣昔之無有

者今皆有矣爾先子爲政於此州爾又以文名於時爾宜爲文告來者庻謹之而毋毀也祖常三爲典禮之官習於先王之禮而學於聖人之徒陳跡往轍不敢煩州人之聽獨以我朝有道之世告吾州人始憲宗皇帝都和寧遣國子二十人就學今都之南城孔子廟旁旨意訓誨刻載廟中世祖皇帝潛王邸召學士王鶚因幄中設主陳俎豆觀祭孔子儀武宗皇帝詔天下若曰世嘗知尊孔子矣而皆未至也其進封至聖文宣王孔子爲大成至聖文宣王今皇帝正位

制若曰孔子大聖推本父母未極褒崇父叔梁紇可封啓聖王母顔氏可封啓聖王夫人命以璽書告闕里廟庭猗歟盛哉夫天下既富而教興焉興教必於學學必有所師師莫若聖聖莫若孔子則廟而事之者學者宜莫先焉且既富而教雖三王之治未有不富而能教者吾州介江淮之交生殖甚寡然少長安於樸俗衣服飲食給於田蠶弋釣之力工商給於粗完男女婚嫁養生送死質而有節其人巳幾於淳厚故易富而易教弗如他州之人必待厚藏而後富近

刑而後教也是以見其州大夫賢欲有所興起於善而又應之速也如此誣天下以難治者豈君子哉國家以文化成四海考郡縣之績當以吾州爲首焉茲序其實而又繫之以詩俾州人訶新廟之成而不忘州大夫之德也詩曰

於穆聖師降我新廟几筵維飾象設維肖四瞻周廟載基載築雅雅鱗鱗靈御之肅靈御之肅衣裳我人俾不爲群而卽於倫埏埴萬類同仁於天匪言莫宣匪文莫傳六藝百家咸質於經我維受之日化於成

大帝在位翕以敷施考妣啓聖而追王之四海作則
文明式昭我州易教作廟維喬梗柟梓栢弗雕而斲
陶瓦髹漆施色丹渥麗牲在門春秋蠲吉官屬師徒
端弁以入其容鏘鏘其神洋洋牖兹顓蒙闇而日章
淮巘諸谷會流爲潢南薄其郛州名爲光光在百城
瘠土寡殖維人易敎衣食耕織則旣衣食又學爲士
學士有師先聖是祠州侯德勸我民豈忘之

真定路先聖廟碑　孛术魯翀

初鎮州置真定路以中山冀晉趙深蠡府一州五土

地人民奉我睿宗仁聖景襄皇帝顯懿莊聖皇后湯
沐首務立學養士當是時也世祖聖德神功文武皇
帝淵潛朔庭聞鎮之學綏未即叙龍集丁未勑有司
勿怠其事於是以金粟岡廟址崇殿廡闢黌舍太原
元好問有記越十有四年庚申世皇即祚都燕統一
八表置憲肅郡府鎮憲爲諸道之冠庠序闕略必憲
人府人胥議興治至元暨今雖屢加葺猶有未備至
順辛未憲暨府議倡集楮幣三萬市物傭工募役自
殿之廡自廡之門新其屋楹三十有二棟宇軒楯拱

挾環合左右翔峙作杏壇於殿之北神廚於廟之東
自廟徂學門垣楹梴循序森立甃堦締築堅麗於舊
先是府尹馬思忽巳基未構而去政人遷易者十餘
年尹張猛台倅和則平治中和允升繼至憲使妥歡
提其綱賓佐韓復理其目始克有濟其年夏告成壬
申春府遣吏李明善介徵士贍思狀來請志其績翀
嘗貳憲燕南義不容讓稽宋蔡京遷學陸佃記略曰
真定雖塞北有江南之勝江南豪傑特起如臨川王
公與孟軻相上下真定初未有聞噫是何言之怪也

真定者冀州東垣堯舊封也昔帝堯以帝嚳子侯恒山之唐自唐侯即天子位徙山之西號陶唐氏太行東西境數千里皆帝之圻真定固神明之宅也孔子經法於易則遡伏羲以本無言書則始唐虞以道政事詩則采殷周以正性情春秋則黜五霸以嚴名分禮樂升降以鑑窪隆天人之道至矣迺曰惟天爲大惟堯則之唐韓愈謂堯以道傳舜禹湯文武周公孔子孟軻蓋孔氏立教如帝典微言如三謨帝堯孔子位不同而同聖王安石背道迷經蒙君誤國京佃傾

黨滋熾世益大壞河南程氏兄弟承先聖之緒抹之
終賴其言道不墜地建安朱氏師則兩程裒輯遺言
貫通折衷以悟百世先正許文正公見其書神感明
會相我世皇同符堯舜世道人心翕然大正洙泗淵
源日月昭朗今神聖繼興世目趍治鎮股肱郡也帝
堯之思在焉朝廷之化先焉崇事先聖所以教也鎮
士知所鄉往下學上達尊經愼藝何德不進何業不
修何邪不鑑何古不及憲牧之輔治教縉紳之報君
父於是乎在廼賦詩以慰鎮人士曰

太行之山滹池之水孰古與美陶唐之里滹池之滸
太行之所孰今與伍皇祖之土恒山嶙嶙滹水沄沄
昊天生民思堯之仁滹水湯湯恒山蒼蒼帝堯相望
於赫世皇始鎮之府時未忘武維士與女澤沐時雨
龍德出潛萬方既瞻春熙秋嚴自北而南皇風斯扇
時雍於變視彼侯甸恒鎮之先大殿周廡先聖之宇
久未今覩誰敢予侮有廟有庭有戶有扃蕭肅其疑
昭昭其靈新是鎮學式對恒嶽惟士也確順我先覺
求門於墻求室於堂伊洛考亭使我不盲惟聖之玄

惟王之素圜冠方屨天地之度侃侃誾誾天天申申
如目之眴如躬之親既儼既翼臨汝明德以賓皇國
方州是則鎮人聚喜歸功憲紀憲人曰止其誰敢爾
顒望神京稽首奉揚配天無疆天子之光

元文類卷之十九終

元文類卷之二十

元　趙郡蘇天爵伯脩父編次

太原王守誠君實父校訂

碑文

帝禹廟碑　鄧文源

至大辛亥紹興路重修帝禹廟成江浙行中書省平章政事臣某等遣使驛聞請紀其事鑱諸樂石而以命臣文原制曰可顧臣膚陋嘗待罪詞林今又職司儒校敢不對揚丕顯式昭毖祀垂憲來今謹按史載

帝即位會諸侯江南計功而崩因葬焉其事與記禮言虞帝南巡葬蒼梧者皆語相傳以乆至於封泰山禪會稽則尤爲後世侈功好大者之論而非聖人崇德務本意也嘗以五服計其道里遐邇則會稽寔在要荒之外先王省方肆覲政教是敷非若御八駿樂觀游除道周衛而勤民于遠然帝自肇功疏鑿告成錫圭躬胼歷數年逾百歲矣猶不肯一日自暇逸以居於萬民之上則夫子所謂有天下而不與者豈非萬世之大訓哉厥初巨浸稽天民用昏墊孰任巳溺

懋於奮庸天啓聖人聲律身度勤躬胝胈以宣地利
以奠民極功施無窮考禮報本匪越人所私爰自少
康之庶子無餘始封而命祀蓋少康距帝僅五世繄
時投艱復修墜緒一成一旅祀夏配天不失舊物繄
帝之德足以繫屬天下而庶子無餘亦克祚于東土
世席休光以及周之末季凡越之人群居畊鑿服習
聲教遡原而上曷可食息忘也刱覩其因山之制而
遺衣服藏焉歷世推崇或著禎祥神茲顧享皇元受
命義周仁洽綏定幅員稽諸版圖貢輸則在昔九州

區域止及海內職方之大軼古無倫追惟有夏治格幽明山川鬼神壹是寧謐列聖繼承用弘茲道誕降璽書凡在祀典者命有司肅修時祭棟宇傾圮官爲繕完若江浙所理聖王之祀宜莫先會稽焉戊申歲土荐饑疾癘仍臻民多流殍臣某以季冬來領郡事慨然曰古者二千石期以共理當爲民省憂吾其敢怠忽明年春白于宰臣凡荒政若干事既得請還謁祠下周視梁橑風雨欹壓黴晃弗治丹艧漫漶先是宋政和間卽廟爲觀邇年更爲寺歲侵視蔭百廢莫

興乃首議復廟田之私質于民者以贍衆鳩工克具
傭役惟時鉏荒斧堅民士競勸礱石以楹陶甓以甃
庭觀嚴敞殿廡翼衛若帝臨止川谷賁輝以帥府命
給中統楮幣二百七十一定有奇是役之興庶幾乎
知臣民而後致力於神者矣竊惟帝之平水土也九
賦既均又曰六府三事以示天下萬世治道之本獨
洪範九疇未嘗爲虞帝敷陳其說後千有餘年箕子
始以爲武王告使箕子家難而不獲信其志又無武
王者興則九疇將遂湮而無傳乎自夏歷商孰傳之

而至箕子其事遠莫可考世知帝功與天地並而洪範九疇鮮有能研精理與究諸力行者使其書徒以言語傳漢儒旁摭庶徵推致五行其言非不較著明甚而先王綜理天人之要亦已微矣八卦九疇道相經緯天所以畀聖人者豈偶然哉聖上纘承大寶丕建皇極中外大臣務肩忠藎謨協贊襄盇將絜斯世而躋之二王之盛神人具孚歲則順成慶浹華裔惟帝妥靈於土嘉飫德馨亦永永億萬年無斁臣謹稽首再拜而詩之其詩曰

漷河之東有山鬱蒼鎮于南土夷視嵩岡昔帝會同圭璧斯皇翩其飈馭若帝陟方若彼橋山弓劍是藏維是橫流潰潰懷襄燥川靜谷成賦定壥帝躬菲惡俾民樂康鑄鼎象列謨訓範防功加九有道尊百王世嚴秩祀登薦肅將牧臣有惕顧視榛荒乃堂乃構邃宇周墻吉蠲來享雲斾龍章繄帝賚育時厥雨暢物消沆癘歲詠茨粱永佑皇圖儲慶發祥即山勒銘德遠彌光

漢番君廟碑

元明善

饒舊有番君廟范文正公爲守時改作於州治西北距今蓋三百年廟日以壞延祐四年三山王君都中爲守乃重作之廟旁又作芝山道院館道士以爲廟守番君廟者祀漢長沙吳文王芮也方秦毒虐天下秦吏亦乘而毒虐其民存者嚚然咸思覆秦殺吏獨番陽令得江湖間民心號曰番君及諸侯兵起遣梅將軍鋗助漢入關得王長沙功著漢令然番人奚有王之功高哉徒知令之德我而已後雖去而他都世世不忘廟而祠之尸而祝之此民之心也此文正公

之所爲改作也王君忠信而説禮連治大郡皆著能聲今守饒又能跡前賢所爲以爲治安知今日所思者他日不以思王君哉廟成圖之以寄郡人玄教嗣師吳眞人曰此眞人昔嘗勸我者今成矣廟當有記眞人屬筆於明善遂作漢番君廟碑其頌曰

翼翼新廟有寢有堂薦我溪毛奠我酒漿靈舞靈歌冀其來享誰縶君駒芝山之嵎誰維君舟番水之洲君不來遊增我百憂靈風清凄陰雲冥迷彷彿君旗導以兩螭君其假思使我心夷君既醉止錫我繁祉

庚有稻粱倉有絲枲飽暖而嬉疫癘不起太守作廟
從民攸好春而有祈秋而有報猗千萬年君子是傚

侯府君夫人李氏祠堂碑　郭松年

夫人姓李氏北燕縉山人生有淑質旣長婉娩聽從不學而能父母鍾愛之擇其媲以歸邑人侯氏之子士溫侯氏大姓世雄鄉里而士溫亦賢子弟號衣冠族遼金以來蟬聯名宦不絕著稱雲朔間夫人始入門其家人上下目其容止閑雅皆悅以相賀自是閨門肅穆雍如也生二子曰進曰慶夫人年二十有四

而士溫卒居憂哀毁踰禮既免喪士長撫幼愈益恭
勤不少怠親黨憐其年少煢獨勸改適則曰人之所
以爲人以其有禮義也吾一婦人而事二夫豈禮義
乎哉因以死自誓不失節志竟莫奪聞者歎美之貞
祐初金政寖衰皇元太祖肇基王業義旗南指屢敗
金兵金主畏偪徙都汴以避其鋒驅士民搶攘南渡
夫人携幼孤累粮行之草行露宿未嘗汚强暴虧婦
節既渡河寓居宿州雖流離頓挫顛沛造次擇師友
教養二子不輟二子亦穎悟絶人能動心忍性卓卓

自樹立既而進以吏事明敏大爲宗室完顏公所知公事行樞密院事於宿審其可付重事表授下邳元帥府經歷官佩銀符凡府之謀畫教條與夫升黜守戰賞罰之用皆先事應機而辦以功累遷保静軍節度副使癸巳之變總戎淮海没王事一子曰珝慶驍勇善騎射由武選仕宰相以其才堪將帥起行間擢萬夫長金季朝廷以北兵方張慮宋人乘釁襲我腹背受敵命慶以本軍戍蜀漢遇敵戰死一子曰瑛甲午歲金亡宿境大飢人相食夫人與孤孫珝瑛處瀕

死者數四嘆曰始吾南渡與二子俱今皆死國難惴惴殘喘亦何所惜但念侯氏一門不絶如綫重遭荼毒吾何敢不力適歲飢乏食宋人船米數萬石濟宿民且誘之完顔公以國破君亡外無蚍蜉蟻子之援遂欵附人賴以生范陽人張子良素居公麾下爲裨將公死子良雅不屬宋且念桑梓頗形於言色宋江淮大都督余玠覺其意陳兵脅宿民悉内徙泗州子良愈不自安皇元革命遂舉城來歸朝廷以爲京東行省仍領歸德府總管府事侯氏從而字焉其年月

曰夫人齋沐易服召玠瑛立床下戒之曰吾自歸汝家七十年矣遭世多虞備嘗艱苦汝所知也子死國難孫克樹立今年近期頤死無所恨修身齊家汝宜勉之語絶枕肱而卧遂卒享年九十以某年月日葬于睢陽大陳村之别墅夫人慈祥樂易接下以仁事上以禮再遭變故臨難不苟雖白刃在前未嘗怖悼失度少變其節及二子貴顯分虎節握兵符光昭門楣無一毫驕泰色是皆烈丈夫之所難能而夫人處之裕如加以安樂壽考及見其孫玠瑛力學爲儒佐

大府縻好爵聲光洋溢享苷旨之養不以疾終天之報施善人爲何如也今上初卽位方以孝治天下將一變衰俗以復乎古而貴近舉是以聞上嘉其貞節許其家立祠奉祀祠宜有碑勑臣松年爲之銘銘曰

天地定位綱常以分女不再醮禮具成文猗嗟夫人有猷有守爰從弱齡喪其嘉耦煢然弔影將彼二雛啼寒號飢其志弗渝鷄鳴膠膠不替風雨栢舟搖搖載罹寒暑金德旣衰大駕南巡伯仲聯翩以登要津伯也剖符仲也秉鉞偕殁王事偕有休烈夫人之德

夫人之教粤侯一門兩全忠孝神元撫運景命惟新亦有孝孫侍于夫人嗷嗷林烏受哺于子售其功德孝孫之似天錫眉壽降福孔多原始要終其樂如何堂古之制享時之祭勒此銘章以訊來裔

光州固始縣南嶽廟碑

馬祖常

五嶽奠五方之地而各神於其人風雨日月之交有年穀之順成民物之疵癘焉南嶽祝融之墟距固始記里二千然皆古楚封域是其神必靈於一方無疑也神而靈能變化佐天地主宰象形流行蕩摩又豈

閼於一隅哉傳有曰山澤通氣氣坱北旁礴扶輿充兩間者大而不可以擬言衆人狹中而咸私其鄉神則罔不通也神而通則雖廟祀於他邦亦宜哉予嘗被命代祠衡嶽且辱宗伯之職矣知典禮咸秩無文嶽瀆上之所蠲吉有事者也僭有厲禁非民之所得禮也國家以仁治天下示民大同斥雕華而不用凡山林丘陵墳衍之神能福於人鄉人得祠之俾或禱而得年穀焉得無疵癘焉茲亦上之所願推施於下者不禁也地又匪天子歲時遣使之位禱又不大爽

於禮禁廟無煩官司而民樂相之居民上者又忍不因其俗而順悅之乎是三者皆應記也廟事有成悉汝南民李聚之力鳩材庀徒百工並興富者入貲窶者奏技蓋聚嘗病若有無憑之者自言爾作廟則愈今聚年七十矣衣結屩屨北走不師繪廟之圖介昭功萬戶總使府副使劉文秉御史臺管勾王珪拜馬祖常丐文歸而刻諸廟中載考廟屋爲閤者五間爲廡者二十間爲後殿者三間爲門者爲別室者大小凡若干間皆象神儀於其中外甃二池瀦水直蓮客

來游者憩息有亭東爲石矼周爲繚垣對樹嘉木合陰成列已蔚然而稱神棲矣固始吾州之屬邑也父老子弟吾之所敬愛者也既來請文夫何讓焉迺爲詩以侑邑人迎送神之詞云信民生太平之樂愷也

詩曰

南山隮兮興雲雨我田兮賴我神君神君降兮水渚幢駢羅兮夾以斧戚不祥兮無疵癘順年穀兮吾食汝吾食汝兮何報鼓以牲兮蘋芼來連舞兮樂于廟翼翼兮子趨載擊鼓兮問年秔盈疇兮秫盈田富壽

愷兮衆咸熙自今茲兮樂民時維茲邑兮孔休神福
汝兮多來年汜布濩兮霈四海充無垠兮神咸在

漢濟南伏生祠堂碑　張起巖

暴秦焚滅經籍欲愚黔首黔首固未可愚秖自愚以速滅亡而經籍之在人心者如日月之揭乎天固不可得而滅也噫秦灰已冷漢策聿新孰謂禍難散亡之餘而有伏生歸然久存獨能壽遺經於胸臆以傳來學而新生民耳目哉是蓋天相斯人畀之以九十之年而其所以託之者有在也濟南鄒平縣治東北

十餘里號伏生鄉伏生之墓在焉卽墓所有祠歲久弊漏縣尹大寧曹明叔視事之歲躬拜祠下顧瞻徘徊睠先賢之所藏仰遺像之有託慨然興懷營修完飾輪奐一新率邑人士與凡在官者具牲醴以祀復專其子憲來請曰願有述起巖緬惟先生之有功於斯文天下所共知後世論次其功贈乘氏伯號曰大儒從享孔廟天下通祀唯鄒平以其鄉獲私展其敬旣別祠縣學文卽墓建祠其趨向可知也今曹尹復能崇墓葺祠俾邑人益知有以景行前哲而進于學

于以化民成俗是眞能舉其職矣起巖齊產也聞其請故不敢辭既書其事因附所見俾來者有攷仍繫以銘按漢儒林傳伏生名勝爲秦博士壁藏書以避禁兵後亡數十篇獨以二十九篇教于齊魯文帝欲召時已年九十餘老不能行詔堂故鼂錯往受之衛宏云伏生老不能正言言不可曉使其女傳言教錯孔安國書序但云失其本經口以傳授藝文志尚書二十九卷乃其所授者漢儒謂之今文隋經籍志乃云伏生口傳二十八篇作書傳四十一篇以授同郡

張生張授千乘歐陽生生授兒寬寬授歐陽之子世傳至曾孫高謂之歐陽學又張生傳夏侯都尉有大小夏侯學宋葉夢得以書出伏生者二十三篇傳歐陽歙崇文總目尚書大傳三卷爲伏勝撰晁氏以爲勝終之後歐陽生張生各誦所聞特撰大義名之曰傳其說互有不同要之今文尚書出於伏生者則一也先生爲秦博士秦坑儒無所施其學其學至漢始傳然則先生之學既施于漢而名以顯於後世故余不繫之秦而繫之漢題曰漢濟南伏先生祠碑云銘

曰

於惟先生始焉其屯終焉則享獨抱遺經以淑後人以慰幽貞行法俟命天錫耄年庸待治平竟以所授列于學官其道大明書以人傳人以書顯垂萬世名稽古之力斯文與俱茲不曰榮從祀孔廟徧于寰區罔不敬承矧茲梁鄒鄉墓攸在礪世作程沉沉玄扃體魄所安祠以妥靈茂宰尚賢有壞必葺適覿厥成于鄉于學祀享相望閱千百齡穹碑有銘被之弦歌用侑爾牲

卷終

元文類卷之二十一

元　趙郡蘇天爵伯修父編次

太原王守誠君實父較訂

碑文

中書左丞李公家廟碑　姚燧

燧嘗觀人臣私廟之祭易乎古而難於今三代不論也漢之時功臣侯者土地人民傳及子孫故嗣侯得以致隆數於其祖考世世無有所殺後封功臣皆虛邑無有土地人民子孫或官卑力微往往不能爲廟

與雖爲廟以記曰父爲大夫子爲士葬以大夫祭以
士祭既用生者之祿勢有必不能致隆者姑借先宋
氏言之如文潞公作廟洛西其先未嘗將相也頗受
祭將相潞國嘗將相者其及子甫惟得祭以大夫祿
是於不爲將相者致隆其眞爲將相者復加殺也如
斯者幾何人哉惟呂正獻惠穆於文靖范忠宣恭獻
於文正世其將相者史册二百年間纔十三見事亦
曠世而希有者也然自中元以來漢人父子將相者
故丞相史忠武公與今資善大夫中書左丞贈銀青

榮祿大夫平章政事謚武愍公二家重輝襲芳震耀
一時豈獨爲之子者信敬於昭昭厥考亦足以慰靈
於冥冥矣惟李氏家隴西成紀者實秦將信諸孫漢
至六朝門閥甚峻惟與崔盧鄭氏婣不違他族唐李
王西夏甚盛强雖宋金嘗加兵終莫能服我太祖始
平之其宗有守兀納城者獨戰死不下子惟忠尚少
求從父死爲令分土淄州諸侯王所得於公爲考後
以金符監淄州有子十三人公次居四王妃愛其頴
異嘗子之在先朝故事凡諸侯王各以其府一官入

參决尚書事公代其兄爲之李璮爲逆有跡淄州君
獨從公馳聞璮繫闔門獄中璮誅得出上盡賜償所
亡失授公淄萊路奥魯總管後改宣武將軍益都淄
萊路新軍萬戶與城夾寨圍呂文煥襄陽四年始下
之加明威將軍虎符丞相伯顏南征宋兵戍郢十萬
城西郢鎖戰艦絶漢隘爲陣我舟不可越乃渠黃灣
拖舟泛藤湖以出唐港棄郢去留公後拒敗其追兵
行拔新城沙洋下復破夏貴陽邏口下鄂漢陽從故
丞相何里公時以左丞戰荆口擒高世傑下岳進阬

沙市下荆南傳檄歸峽辰沅靖澧常德諸州皆下之又徙鎮常德左丞徇地湖南丞相兵及淛西以地遠援疏詔公與宋都統張茂實呂師夔闢都元帥府江右公爲左副都元帥破劉槃軍下隆興擒熊飛建昌撫瑞吉贑與廣閩諸州皆下會宋幼王出降其將相張世傑陳宜中挾益王昰衛王昺浮海趨福立益王元以景炎閩廣諸州應者十五郡縣豪傑亦爭起兵公出定反地大破吳浚軍十萬南豐浚走如張文虎復合兵十萬又破之兆港伏屍三十里浚走合其相

文天祥瑞金又大破之天祥走據汀別將孔遵窮追
併破趙孟營軍復其州而還隆興守帥覬利巨室罪
以陰與賊連已誅夷百三十家公還白其非辜出其
未盡誅者獄中帥府改宣慰司加昭勇大將軍同知
江西宣慰司事尋加鎮國上將軍福建宣慰使又改
江西宣慰使天祥復陷汀行收兵出興國又擊走之
追四百里及之空坑散降其衆廿餘萬擒趙時賞以
下文武將吏數百人拜參知政事行中書省江西益
王殂廟以端宗世傑復立衛王元以祥興移柵海中

崖山近去廣治四百里授蒙古漢軍都元帥經略廣東進復梅循英德與廣之清遠走王道夫擊凌震海上獲船三百艘擒將吏宋邁以下二百人又破其餘軍茭塘江淮省亦遣都元帥張弘範至自漳與共圍崖山勢計窮蹙度不能國資政陸秀夫抱衛王蹈海死獲其金璽其將吏死焚溺者十萬餘人翟國秀凌震皆降世傑遁去風壞舟死海凌港南海平朝京師上勞苦之其將佐與錫宴者二百功陞者千授資善大夫中書左丞移省荆湖凡虜男女奴嚮之者皆罪

而正之常德辰澧沅靖五州大荒民至易子以糴爲
發廩賑之所活爲口亡慮十萬計征占城詔使給糧
仗造舟海南取得其宜黎儋之民勸趨之疾還詔從
皇子鎮南王征交趾敗其兵天長府其王遂舉國航
海將舟師追之敗諸洋中獲海艦三百始公築城天
長儲穀待賊斂衆議不果盛夏軍士疾作漲潦冐營
遽議旋軍賊躡敗吾後拒王以公殿賊閉永平關傳
藥弩矢射公貫膝負創奪關出境以毒發薨思明州
年止五十最其平生小大百戰下城邑百有五爲戶

二百萬嗚呼其亦勤已後薨七年而贈官賜謚封公之命始下玉音仁煦恩重書棺人臣獲此哀榮極矣公雖不可作已安知其不肉骨九京邪公諱恒字德卿自號長白篤孝純至淄州君卒方擊兩王闕廣淄州君顧言我死必無訃吾兒使會喪縱敵南海平始克銜哀摧慟屢絶且死謂所從曰爲我語諸昆弟妻子吾不得以時喪先公既抱恨於終天今復棄養太夫人而身先朝露於是遐夷吾目不瞑下泉矣其謹事之夫人王氏覗分土諸侯淄州王之妃姑也訃至

夫人祕不敢聞之姑惟發哀私室公則再見夢太夫
人曰兒令死戰日南矣太夫人泣言吾再夢如是豈
誠然耶夫人始情告曰婦無以安君姑氏心也覆是
久矣始位民成服喪嗚呼死而精神魂魄猶惓惓其
親可哀也已可哀也已子二人世安以監廣州從朝
京師授新軍萬戶同知江西宣慰司事再嗣公益都
淄萊本軍萬戶後以正議大夫仍將本軍僉江西行
中書省事再陞中奉大夫參知政事行尚書省江西
尚書省罷令以上官參知政事行中書省仍江西嗚

呼六官而三踐公武已可見其才之無羞于職者自其既相亦解兵其弟世雄以宣武將軍將之乃作河洪之詩使歌以祀公其辭曰

李氏之在與水細大河洪姑臧有夏而王越三百年傳歷既長極祟而隳亦天之道日月作矣衆星匿耀王孫始甲徂東自西淄水幽幽東楚之流曰位不豊猶監一州有蝨吾民有梟吾土吾力不能天子肆汝從父奔告帝嘉爲心廼陟潛沉寢向用公決決漢水南紀所恃爲池襄陽金湯陛陛公將萬夫長圍四禩

而竟下之岷江失藩沿流列城振落摧乾至莫難一文軌判裂萬里收功九重授策維是武庚狂志復殷爵人號年大蠢甌閩終兄弟及公膺奮擊與鬬四年崖山巔翦克血其鱷鯢南海無波廐馬笥衣其賚如何帝曰汝烈宜置左相授兵而于西護湖廣公拜稽首天子萬年帝德聖神臣何力焉湖廣聽命壤三千里陰翕陽施賞刑自己及兵占城轉粟黎儋歸佐皇子致討日南不測風洋冒履而三由淄而漢由江而海其涉日深蜚聲日大蕞爾南夷日尺箠笞狃勝者家

輕於出危賊策我師不能炎暑敦弓綿力犀甲敗雨
避來弗迎遂歸以争既犇先偏左廣亦傾孰作士氣
公殿奮武斬輻短兵援枹鼓格鬬比死冠纓不顛
褁韇馬革踐迹文淵維昔禡時皂纛有翩廼今還歸
粉篆丹旃兆夢悠悠魂魄遼遠致身移忠維孝其本
黼扆思之錄其庸勞寵幽上公可謂曰遭公亡不亡
公有良子亦秉國鈞寶其實似有嚴作廟籩簋維時
神容與耶去此奚之維淄維漢維江維海其流或枯
廟主斯毁何以麗牲樂石峩峩太史詩之以侑以歌

元帥張獻武王廟碑　　虞集

昔者汝南忠武王起義兵燕南統率豪傑略定郡縣聲震河朔及歸國朝遂以其兵攻河南既滅金將移師取宋乃總諸軍以鎮亳疏積水立城戍開田護耕宋人不敢北犯其後淮陽獻武王復統亳州軍以成大功故亳有張氏之廟焉其中廟祠汝南忠武王西廟祠王第八子蔡國忠毅公東廟祠王第九子淮陽獻武王忠武始封蔡國公而薨也賜謚武康又贈推忠宣力翊運功臣太尉儀同三司上柱國獻武之薨

也贈銀青榮祿大夫平章政事謚武烈又贈推忠效
節翊運功臣太師開府儀同三司上柱國齊國公改
謚忠武皇慶元年獻武王之子珪以中書平章政事
相仁宗皇帝於是忠武進太師進封汝南王改賜今
謚獻武進封淮陽王加賜保大二字以益其功臣號
又改賜今謚禮部以其事下郡縣之有王廟者至治
二年珪復入中書歷相英宗皇帝今上皇帝於是泰
定元年加賜忠武以開國二字益其功臣號是年天
子肇開經筵珪首當勸講明年解機務封蔡國公仍

知經筵以病告歸未幾三遣使趣召見上憫其病重煩以政事拜翰林學士承旨仍以蔡國侍經筵朝有大政則就焉有間使來告集曰先王之廟在亳州者庭皆有麗牲之石我忠武及忠毅之勳德則既具刻而銘之矣惟獻武之廟我以忝興國事不暇私顧其家顧未有刻焉因以王之墓誌神道碑家傳授集曰刻文敢以屬子集辭不獲則對曰昔嘗忝爲太史屬固嘗知公家世勳德及進講內殿又執經以從公後者三年矣雖不敏敢不第而書之謹按王諱弘範字

仲疇年二十餘其兄順天府總管弘略上計行朝留攝其府事吏民服其明决時内附甫定蒙古軍所過輒爲暴王曰國朝自有法制我奉行之執暴者决以杖入其境無敢犯擾順天者故保州以忠武故陞府名後有所避又改今名曰保定云世祖皇帝中統初置御用局以王爲總管三年李璮叛濟南親王哈必赤丞相史天澤帥諸軍討之以王爲行軍總管且行請璮帳於忠武忠武曰汝欲即安耶不與乃命之曰璮違天必敗汝勉之雖然璮劇賊也圍城勿避險地

險則已無懈心兵必致死主者慮其險苟有來犯必赴救可以立功汝必勉之及圍城王軍城西瓊出軍突諸將獨不向王軍王曰吾固受教矣我易受攻而彼不至謂我弗悟也乃築長壘內伏甲而外爲壕開東門以待之夜浚其壕加廣瓊不知也明日果擁飛橋來攻橋不足踰壕軍陷其得陵壕者突入壘門遇伏皆死降兩賊將瓊讐遂敗死論功王最多忠武聞之曰眞吾子也或言於朝曰瓊所以得爲亂者盡專兵民之權故也以此聞諸侯諸侯果不自安遂罷其

子弟之在官者王亦例解總管至元元年弘略入宿
衛上召見其兄弟可代守順天者因念王濟南之功
遂佩之金虎符代爲守二年移守大名未上微服行
民間察其所患苦見倉吏收民租視所當輸倍蓰怨
言載道明日視事首取而治之民大悦是歲大水没
廬舍且盡租稅無從出王輒免之計相以專擅罪王
王請入見上前曰臣以爲爲朝廷儲小倉不若儲之
大倉非擅免也上曰何説也王曰歲以水不收而必
責之民府倉雖實而民死亡盡明年租將安出活其

民使均足於家歲取之有恒非陛下府庫乎此所謂
大倉也上曰知體其勿問其監郡有愛魯者先在郡
任計吏不當至使自經死僚吏不悅於愛魯發其事
幸王不與之則愛魯無援必敗王曰同官也力爲之
解不得而愛魯抵罪王亦爲之免官歸鄉里退然閉
居不以介意六年大括諸道兵益圍宋襄陽益都兵
璮所教也號勇悍難制度諸帥無足統之者乃以王
爲益都淄萊等路行軍萬戶丞相伯顏命王軍鹿門
斷粮道絶郢復之援王者曰鹿門有張九漢水以東

無慮矣於是王言於丞相曰今規取襄陽周於圍而緩於攻者計待其自斃乎然而夏貴乘江漲送衣粮入城我無禦之者而江陵歸峽行旅休卒道出襄陽南者相繼也寧有自斃之時乎若築城萬山以斷其西立柵灌子灘以絶其東則庶幾斃之之道也奏用其言因移王軍萬山令嚴恒無懈意一日出東門與諸將較射大出敵兵猝薄城諸將曰彼衆我寡請嬰城自守王曰喜我與諸軍在此何事敵至將不戰邪敢言退者死即被甲上馬横戈立遣偏將李庭當其

前他將將六百人攻其後親率三百騎爲長陣敵之步陣闘陳而待王下令曰聞鼓皆進擊未鼓勿動敵麾衆入陣我不爲動至再且却王曰彼再進再却氣衰矣鼓之前後奮擊宋師大敗得奔還者廡幾八年築一字城進逼襄陽破樊城外邦九年命攻樊城流矢中王肘王束創見主帥曰襄在江南樊在江北我陸攻樊則襄出舟師求救終不可取若截江道斷救兵水陸夾攻之則樊必破而襄亦下矣從之明日復出率鋭卒先登遂拔樊襄陽降以宋將呂文煥入覲

上嘉之有錦衣白金寶鞍之賜將校行賞有差十一
年丞相伯顏帥師伐宋命王率左部諸軍循漢江東
略郢而南十二月攻武磯堡取之大兵渡江王爲先
驅宋相賈似道以其師軍蕪湖其帥孫虎臣軍丁家
洲王轉戰而前大兵繼之宋師潰王前行宣布威德
所過降下師次建康上遣使諭丞相毋輕敵貪進其
少進以待王進說曰聖恩待士卒誠厚甚今敵已奪
氣亡在旦夕過自迂緩資敵得爲計非策也將軍治
閫外急緩之宜難制以渝度乘破竹之勢取之無遺

策矣丞相然之即日馳驛至上前面論形勢得旨進師十二年師次瓜洲分兵立柵奪其要害守之揚州都統姜才者宋之名將也所統士有部落種人自爲一軍勁悍善戰至是以二萬人出揚子橋都元帥阿朮與王當之兩軍夾水而陣王以十三騎絶渡衝之陣堅不動王引却以誘之其驍將本回紇人鐙伏甚異躍馬出衆奮大力直前趣王上還轡反迎刺之應手頭殪馬下立陣者同口歡呼震動天地而敵人亦不覺失聲遂潰走追殺轉至城南門斬首萬餘級其

自相蹂踐與陷壕水溺死幾盡比得入城十無一矣
王素善槊此戰衆尤服其奇雋焉於是宋將張世傑
孫虎臣悉其國力率水軍陣於焦山南北將敗死於
我我師合繫之兵支王之一軍横衝其旁宋師大敗
宋自是不復能軍矣追奔於圌山之東王奪其戰艦
八十俘馘以千數上功改亳州萬戶亳軍忠武王舊
所統也王以爲請而遂還之忠武王之事憲宗皇帝
嘗賜名曰拔突拔突者國語勇敢無敵之名也於是
上又以賜王爲名云是年冬丞相伯顏次臨安之長

安鎮中書左丞董公文炳左出京口由海道會之王
亦將兵而左師次宋郊丞相遣使約降宋主宋主幼
其大臣難於削號稱臣請以伯侄爲禮往返未決王
將命入城數其柄臣之罪而詰之遂屈服竟取降表
來上宋亡其王既歸朝而十三年浙東又叛王力疾
討之師次台州遣人持書往諭守將殺使焚書我師
怒拔之衆請屠城王不許誅其首禍者而已台民至
於今感之明年師還迎拜鎮國上將軍江東宣慰使
其民新脫鋒鏑王撫之期月境內稱治十五年王入

覲請於上曰宋主既降而其將張世傑奉其庶兄益
王昰與弟廣王昺南奔既立昰與閩而卒又立昺於
海上宜致討焉乃拜蒙古漢軍都元帥以行陛辭奏
曰國朝之制無漢人典蒙古軍者臣漢人恐乖節度
猝難成功願得親信蒙古大臣與俱上曰爾憶而父
與察罕之事乎其破安豐也汝父留兵守之察罕不
肯師既南而城復爲宋有進退幾失據汝父至不勝
其悔恨也由委任不專今豈可使汝復有汝父之悔
乎尚能以汝父宣力國家之心爲心則予汝嘉今付

汝大事朂之哉面賜錦衣玉帶又辭曰遺燼未息延
命海渚奉討遠征無所事於衣帶也苟以劒甲爲賜
則臣也得以仗國威靈率不聽命者則臣得其職矣
上壯之出上方寳劒名甲聽自擇其善者旣拜賜日
又諭之曰劒汝副也有不用命者以此處之且行薦
李恒爲已貳從之至楊州選將挍發水陸之師二萬
分道南征以弟弘正爲先鋒戒之曰汝以驍勇見選
非私汝也軍法重我不敢以私撓公汝愼之弘正所
向克捷王進攻三江寨寨據隘乘高不可近乃連兵

環之寨中懼人持滿以待王下令下馬治朝食若將持久者持滿者疑不敢動而他寨不虞也忽麾軍連拔數寨廻擣三江盡拔之至漳州親攻其東門命將佐攻南門西門敵應之乃乘虛入其北門破之鮑浦寨南瀨海王曰陸攻之必走海令弘正圍以騎他將攻其南門又拔之海瀕之郡若潮若惠皆團結盤互王威聲所至恩信濟之無不內附十六年正月庚戌由潮陽港乘舟入海道至甲子門獲宋斥候將都統劉青顧凱乃知廣王所在辛酉至崖山而他將至外

省調至者雖隸所部然儕視不相下有驕蹇意幾敢違其號令王以軍法斬其最甚者一人衆乃懾服聽命時宋人僑居海中環列千餘艘碇之達樓櫓其上隱然堅壁也王引舟師當之然其地兩山東西對立其北淺舟膠不可進我師由山之東轉而南入大洋始得與之薄又出騎兵斷其汲路燒其宮室而宋益困蹙無所容矣世傑有甥韓在王軍中三使招世傑世傑不從甲戌恒自廣州至舟小更授以二海戰船守北面二月癸未我師將戰或請以礮攻之王曰火

起則舟散不如戰也明日四分其軍分處其東南北三面王自將一軍相去里許下令曰宋舟西磨崖山潮至必亟遯急攻之勿令得去聞吾樂作乃戰違令者斬先麾北面一軍乘潮而戰不克李恒等順潮退樂作宋人以爲且宴少懈王舟犯其前南衆繼之王命高構戰樓於舟尾以布障之命軍士負盾而伏之令曰聞金聲起戰先金而妄動者死敵矢傳我舟如蝟伏盾者不動及舟將接鳴金撤障弧弩火石交作頃刻并破七舟宋師大潰宋臣以其主廣王赴水死

獲其符璽印章張世傑北突吾軍而遁令李恒追至
大洋不及世傑走未至交趾風壞舟與將士盡溺死
於是嶺海悉平宋無遺孽矣磨崖山之陽紀功而還
十月入朝賜宴内殿慰勞良厚然王以瘴癘疾作矣
上命尚醫護視日以狀聞遣近侍臨議用藥曰吾有
國事待其謀畫必盡伎速愈之勑衛士坐其門曰九
拔都病甚矣非必不可不見者宣詔止之可也疾革
沐浴易衣冠俾左右扶至中庭面闕再拜返居室爲
酒作樂與親戚賓客爲别遺言毋厚塟甲一襲刀一

事足矣明器以陶爲之出南征時賜劍與甲以畀嗣子珪曰汝父以是立功其佩服毋忘語竟遂端坐而薨十七年正月十日也得年四十三上聞之震悼詔京尹給喪事所過郡縣以禮迎送歸葬其鄉之定興縣河内里祔塋祖墓而嗣子佩金虎符襲其軍萬戶二十九年珪入覲上謂太師月兒魯那演曰此家父子相繼自太祖皇帝以來定中原取江南漢人有勞於國者是爲最張氏史氏俱稱扳都史徒以籌議不如張之百戰立功也所以爵其子孫者豈可與常人

同哉遂拜樞密副使行院江淮自是敭歷臺省三十餘年爲國大臣矣王素敏悟喜讀書過目輒識大義歌詩尤慷慨身長七尺修髯如畫機明氣銳言辨捷出勇略絕人輕財下士拔材於衆已不以爲惠尚氣節敦信義與人交久而益敬剛直自將不爲勢位所屈雖臨之以威而辭氣洒落理辨愈明初丞相伯顔至建康大會諸將出庫金行賞而王後至丞相曰祖宗之法凡以軍事會集罪加後雖貴近材勇無所貸爾何敢後衆錯愕王徐進曰臨戰未嘗後受賞恥居

先何爲不可丞相爲之俛首其能片言解疑誤類如
此簿錄宋内府金帛行省都事夾谷士常與焉既而
多所遺失或因以誣士常將就考驗王曰士常名士
行義有素何可以此議之請以本身官爵及家帑保
其必不然者其後誣果明南征時宋文丞相天祥之
軍在潮之五坡嶺弘正掩擊獲之縛文丞相以至椿
以戈使拜不屈王釋之待以客禮吏士或諫王曰敵
人之相叵測不可近王曰忠義人也保無它求其族
屬被俘者悉還之及因京師聞王薨至爲之垂涕在

海上得宋禮部侍郎鄧光薦禮之於家塾以爲子師
嘗戒其子曰居官律巳廉慎則公明自生御衆賞罰
信用則人致力不懷報怨之心怨亦自釋此三言者
皆王素躬行者也凡行軍非對敵未嘗敢妄殺吏卒
有病者必爲親視醫藥不幸死必轉送其家凡上賜
與卽分頒士卒麾下有功賞或不時得則慨然曰人
宣力如此而受抑如彼後或解體將誰與共功乎甚
者爲之涕泣陳說不得請不止故人樂爲之用及爲
元帥雖有所刑戮亦必爲之懇惻申諭仁聞旣著甍

之曰天下莫不傷悼痛惜焉今蔡國公又嘗請集曰先王棄世予尚幼不足盡知其奇謀偉績嘗聴之交游與老挍退卒于今略以漸盡雖欲廣聞不得及矣至其昭如日星不可泯滅者則有信史與李王二公之碑在可以參攷者故凡可知者備書之而不敢略子一人今蔡國公也孫六人某官某曾孫子一人某官某集嘗觀於蜀漢矣諸葛武侯既没所在求爲立廟後主不聽百姓私祭之道上或曰宜聽立廟成都又不從步兵挍尉習隆中書郎向充等共言曰周懐

召伯芇棠不伐越思范蠡鑄金存像漢興以來圖形立廟者多矣亮之烝嘗止於私門廟像莫立非所以存德念功述追在昔者也宜聽立廟沔陽親屬以時致祭其故吏欲奉祠者皆限至廟君子以爲禮亦宜之然則亳州張氏之廟豈徒以著勳臣之世業哉亦足以表朝廷之盛德凡於腹心股肱爪牙之臣無所不用其至矣故爲作詩以備樂歌焉其辭曰

維昔世皇受命自天四征既庭遂開中原粤是南國歷禩三百德在炎燧重徙行息百萬我師不亟不遲

不殺而神赫赫其仁威江流湯湯談笑畢渡木顛草偃有什無拒天子曰嘻士亦勞止時且徂暑其休以俟丞相文武受言敬共息鋭養完牛酒旨豐王乃扣閣請具爲奏若峻阪馳寧扼其後面上方略報不踰辰往臨厥都雷飈疾神丞相傳言天子明聖以順來歸請爾民命主幼臣迷勞我行人王曰勿庸罪在朽臣身涉其庭氣直辭决稱臣上表再拜門闕有保其遺奔于海涯延喘須臾自靖其私王曰不可不告天子不極其征臣不敢止乃錫神劒名甲副之抉瘴排炎

廓爲淸夷膠舟于壑存其餘幾王言二進永訖炎紀
横槊賦詩波濤不驚磨崖勒銘表于鯢鰸功名則有
壽位弗逮榮隨哀與業以久大三錫彌尊以啓王封
冕爲佩圭盛服在躬維兹亳人服德以世享嘗于廟
從王孫子於赫世皇濯濯聖靈萬神景從翼之風霆
我思淮陽陟降在側孰是不顧永懷來格言言新宮
高明深宏中有王考右有王兄王之格思庶其在此
焄蒿浮游孰感而致維亳士女具曰不然我有井里
王爲陌阡我有溝洫王浚王畫王于作邑其城頎頎

我蓺黍稷亦有稻秔羊豕在牢以庖則盈笳簫鐃鐸
享士乃作我迎我享是用不足昔我父祖荷戈與殳
從王南征百戰是俱春雨既濡秋降霜露王來享茲
從我父祖維時君子顧瞻咏嗟咨亳庶士孰知其它
王有嗣子相我仁廟正言于庭必抉其要邃深蔽虧
群讒切膚帝尚仁孝寧之厥家英宗赫赫如日斯烈
搜奸率庸不假豪髮臨軒待之命遒其驅託之股肱
恩信渠渠天難諶斯難起倉猝慮深謀遠罪人斯得
聖明繼統車塵徐徐亦惟世臣謹度不渝既寧既好

思極永保陳經啓心非法不道申申其居侃侃其容
孚于帝衷以世師工王廟奕奕視此無斁匪亳是私
國有恒秩

傳古樓景印